学会感恩

用爱来感谢
爱的传递

夏午
编著
XIAWU WORKS

江苏人民出版社

图书在版编目（CIP）数据

学会感恩 / 夏午编著．-- 南京：江苏人民出版社，2016.2

ISBN 978-7-214-17330-0

Ⅰ．①学… Ⅱ．①夏… Ⅲ．①散文集－中国－当代 Ⅳ．①I267

中国版本图书馆 CIP 数据核字（2016）第 040874 号

书　　名 学会感恩
著　　者 夏　午
责任编辑 朱　超
装帧设计 浪殿飞扬设计
版式设计 张文艺
出版发行 凤凰出版传媒股份有限公司
江苏人民出版社
出版社地址 南京市湖南路1号A楼，邮编：210009
出版社网址 http://www.jspph.com
http://jsrmcbs.tmall.com
经　　销 凤凰出版传媒股份有限公司
印　　刷 北京中印联印务有限公司
开　　本 718 毫米 ×1000 毫米 1/16
印　　张 13.75
字　　数 151 千字
版　　次 2016 年 7 月第 1 版　2016 年 7 月第 1 次印刷
标准书号 ISBN 978-7-214-17330-0
定　　价 28.00元

序言

感恩是人间的温暖与呵护

献上感恩的心
归给至尊全能的神
因他所赐下的一切
使大地得以生息

献上感恩的心
归给纯全无瑕的爱
因她所拥有的美丽
使生命得以延续……

这是我很早就学会的一首歌。每当我轻轻哼起这首歌的旋律的时候，疲惫的精神总会升腾出一种灵魂与生命的感动：啊，久违了，感恩！

啊，久违了，感恩！长久以来，我们一直带着一颗渴求拥有的贪婪之心负重前行。我们渴求拥有财富，我们渴求拥有成功，我们渴求拥有荣耀……我们总是在渴求，却忽略了我们已经拥有的一切。我们的渴求之心遮蔽了我们灵魂里的眼睛，它使我们总是忽略上苍每天所给予我们的恩赐，它使我们总是因对未来的无限期待而忘记对今天的感恩。

是啊，久违了，感恩！没有阳光，就没有日子的温暖；没有雨露，就没有五谷的丰登；没有水源，就没有生命；没有父母，就没有我们自己；没有亲情和爱情，世界就会是一片黑暗和孤寂。虽然没有人不懂这些浅显的道理，但是，我们总是常常缺少一种感恩的思想和心理。

是啊，久违了，感恩！“谁言寸草心，报得三春晖”；“谁知盘中餐，粒粒皆辛苦”，我们小时候背诵的诗句，讲的就是感恩。滴水之恩，涌泉相报；衔环结草，以报恩德，中国绵延多少年的古老成语，告诉我们的也是要感恩。但是，这样的古训有多少已渗进我们的血液，今天有多少人还会记得，无论生活还是生命，都需要感恩?

因此，对于日日沉浸于世界的美丽怀抱中、享有了那么多的喜悦和幸福的我们来讲，世界给予我们的实在太多，而我们回报给世界的，却实在微乎其微。我们都对世界欠了一笔巨大的心债，然而我们却利用了世界的慷慨，至今仍继续索取而拒绝偿还。为此，难道我们不应感觉到于心不安或心怀内疚，并进而反省反省自己的灵魂?

感恩是一种生活的必需。因为，感恩不只是一种对于生命馈赠的欣喜，感恩也不只是一种对于这一馈赠所给予的言辞的回馈；感恩乃是用我们赤子般纯洁无瑕的心，去领受那付出背后的艰辛、期冀、关爱和温情。感恩是茫茫天地间宇宙大爱的传承，感恩是宇宙洪荒中生命与生命相联系的见证。

感恩是一种对生命恩赐的领略，感恩是一种生活的智慧。“感恩”不一定要感谢大恩大德，“感恩”可以是一种生活态度，一种善于发现美并欣赏美的情趣。人生在世，不如意事十有八九。如果我们囿于这种“不如意”，终日惴惴不安，那生活就会索然无趣。

感恩是一种生存境界，感恩是对现在拥有的在意，感恩是对有限生

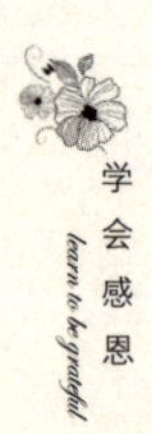

命的珍惜。然而，有意或无意地忽略你身边所拥有的一切，似乎是人类的通病。因为人们总是有理由使自己相信，远方的远方肯定比这里更精彩，外面的世界有这里见不到的新鲜玩意儿。然而当你真正游历了远方，你或许会发现，原来你已经拥有的，才是这世上最独特最珍贵的东西，只是因为你已经拥有了，所以不珍惜。

感恩之心是成功的第一步，感恩是感激冤家和对手的气度，感恩的心让我们谦卑。

感恩是对赐予我们生命的人的牵挂，感恩是对陌路关爱的震颤。“感恩的心，感谢有你，伴我一生，让我有勇气做我自己……感恩的心，感谢命运，花开花落，我一样会珍惜……”

感恩既是如此的美好，那么，究竟什么时候，我们才会为自己拥有的一切而心怀感激呢？难道只有当我们发现人生无常的时候，我们才能发现并乐于承认，我们所拥有的每一天，每一分钟，每一次呼吸，真的都是……上帝所赐予我们的礼物？而在我们春风得意的时候，我们是不会记得为自己所拥有的一切而感谢上天的？

感恩之心需要学习，这是人生必修的一堂功课。因为，学会感恩，就是学会不忘恩负义；学会感恩，就是学会谦虚之德；学会感恩，就是学会敬畏之心；学会感恩，就是学会爱多于恨；学会感恩，就是学会懂得忏悔；学会感恩，就是学会不沉溺于财富和权力；学会感恩，就是永远也不要忘了说一声“谢谢”……

假如每一个人在需要帮助的时候都得到帮助，假如每一个得到过帮助的人都记得感恩，假如人与人之间这付出与回报的链条永不中断，那么，人们就永远生活在爱的链条中，那时，人间就会如天堂般美丽！那时，人间便处处充满温情，而人生则时时都会遭遇奇迹——

如今，软弱者已得刚强
贫穷者已成富足
都因为施与一切的上苍
已成就了大事
感恩！

夏 午

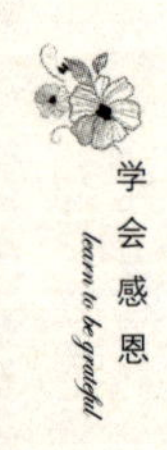

CONTENTS

目录

感恩是对赐予我们生命的人的牵挂

感恩是对陌路关爱的震颤

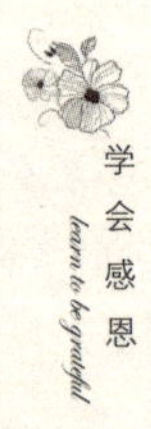

感恩是真诚的奉献与付出

感恩是对人间温情的期待

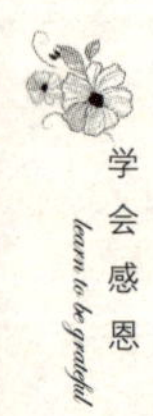

母亲

肖复兴

我总觉得妈妈的心脏会永远地跳动着，却从来没想到，妈妈会在有一天突然地倒下。妈妈，请您的在天之灵能原谅我们，原谅我们儿时的不懂事，而我永远也不能原谅自己。我知道在这个世界上，我什么都可以忘记，却永远不能忘记您给予我们的一切……

世上有一部永远写不完的书，那便是母亲……

那一年，我的生母突然去世，我不到八岁，弟弟才三岁多一点儿，我俩朝爸爸哭着闹着要妈妈。爸爸办完丧事，自己回了一趟老家。他回来的时候，给我们带回来了她，后面还跟着一个小姑娘。爸爸指着她，对我和弟弟说："快，叫妈妈！"弟弟吓得躲在我身后，我撅着小嘴，任爸爸怎么说就是不吭声。"不叫就不叫吧！"她说着，伸出手要摸摸我的头，我扭着脖子闪开，说就是不让她摸。

望着这陌生的娘儿俩，我首先想起了那无数人唱过的凄凉小调："小白菜呀，地里黄呀，两三岁呀，没有娘呀……"我不知道那时是一种什么心绪，总是忐忑不安地偷偷看她和她的女儿。

在以后的日子里，我从来不喊她妈妈，学校开家长会，我硬是把她堵在门口，对同学说："这不是我妈。"有一天，我把妈妈生前的照片翻出来挂在家里最醒目的地方，以此向后娘示威，怪了，她不但不生气，而且常常踩着凳子上去擦照片上的灰尘。有一次，她正擦着，我突然向她大声喊着："你别碰我的妈妈。"好几次夜里，我听见爸爸和她在商量："把照片取下来吧！"而她总是说："不碍事儿，挂着吧！"头一次我对她产生了一种说不出的好感，但我还是不愿叫她妈妈。

孩子没有一个是省油的灯，大人的心操不完。我们大院有块平坦、宽敞的水泥空场。那是我们孩子的乐园，我们没事便到那儿踢球、跳皮筋，或者漫无目的地疯跑。一天上午，我被一辆突如其来的自行车撞倒，重重地摔在水泥地上，立刻晕了过去。等我醒来的时候，已经躺在医院里了，大夫告诉我："多亏了你妈呀！她一直背着你跑来的，生怕你留下后遗症，长大了可得好好孝顺她呀……"

她站在一边不说话，看我醒过来便俯下身摸摸我的后脑勺，又摸摸我的肚子。我不知怎么搞的，第一次在她面前流泪了。

"还疼？"她立刻紧张地问我。

我摇摇头，眼泪却止不住。

"不疼就好，没事就好！"

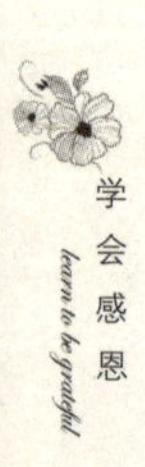

回家的时候，天已经全黑了。从医院到家的路很长，还要穿过一条漆黑的小胡同，我一直伏在她的背上。我知道刚才她就是这样背着我，跑了这么长的路往医院赶的。以后的许多天里，她不管见爸爸还是见邻居，总是一个劲儿埋怨自己："都赖我，没看好孩子！千万别落下病根呀……”好像一切过错不在那硬邦邦的水泥地，不在我那样调皮，而全在于她。一直到我活蹦乱跳一点儿没事了，她才舒了一口气。

没过几年，三年自然灾害就来了，只是为了省出家里一口人吃饭，她把自己的亲生闺女，那个老实、听话，像她一样善良的小姐姐嫁到了内蒙古。那年小姐姐才 18 岁，我记得特别清楚，那一天，天气很冷，爸爸看小姐姐穿得太单薄了，就把家里唯一一件粗线毛大衣给小姐姐穿上，她看见了，一把给扯了下来："别，还是留给她弟弟吧，啊！"车站上，她一句话也没说，只是在火车开动的时候，向女儿挥了挥手。寒风中，我看见她那像枯枝一样的手臂在抖动，回来的路上她一边走一边叨叨："好啊，好啊，闺女大了，早点寻个人家好啊，好！"我实在是不知道人生的滋味儿，不知道她一路上叨叨的这几句话是在安抚她自己那流血的心。她也是母亲，她送走自己的亲生闺女，为的是两个并非亲生的孩子，世上竟有这样的后母？望着她那日趋隆起的背影，我的眼泪一个劲儿往外涌。"妈妈！"我第一次这样称呼了她，她站住了，回过头来，愣愣地看着我，不敢相信这是真的，我又叫了一声"妈妈"，她竟"呜"地一声哭了，哭得像个孩子。多少年的酸甜苦辣，多少年的委屈，全都在这一声"妈妈"中融解了。

母亲啊，您对孩子的要求就是这么少……

这一年，爸爸因病去世了，妈妈先是帮人家看孩子，以后又在家里弹棉花，攫线头，她就是用弹棉花攫线头挣来的钱供我和弟弟上学。望着妈妈每天满身、满脸、满头的棉花毛毛，我常想亲娘又怎么样？！从那以后的许多年里，我们家的日子虽然过得很清苦，但是，有妈妈在，我们仍然觉得很甜美，无论多晚回家，那小屋里的灯总是亮的，橘黄色的灯光里是妈妈跳动的心脏。只要妈妈在，那小屋便充满温暖，充满了爱。

我总觉得妈妈的心脏会永远地跳动着，却从来没想到，我们刚大学毕业的时候，妈妈却突然地倒下了，而且再也没有起来。妈妈，请您的在天之灵能原谅我们，原谅我们儿时的不懂事，而我永远也不能原谅自己。我知道在这个世界上，我什么都可以忘记，却永远不能忘记您给予我们的一切……感激苦难的温情。

是对生命恩赐的领略

心债

对于日日沉浸于世界的美丽怀抱中、享有了那么多的喜悦和幸福的我们来讲，世界给予我们的实在太多，而我们回报给世界的，却实在太少了。我们都对世界欠了一笔巨大的心债，然而我们却利用了世界的慷慨，至今仍继续索取而拒绝偿还。为此，难道我们不应感觉到于心不安吗？

在生活中，许多人常常抱怨上帝对人的不公：我没有更高贵的出身，没有更漂亮的外表，没有更炫人的学历；更令人气恼的是，我付出了百倍于人的努力，然而我得到的，却总比别人的少。生活待人为什么总是那么偏心呢？当我渴望成功时，我遭遇的却总是失败；当我渴望荣耀时，我所得到的却总是寂寞；而当我渴求金钱时，我所得到的却仍是贫穷。

我匆匆地来，匆匆地去，匆匆地活。当我们拥有时，我们总是埋怨自己得到的太少，缺乏的太多。当我们失去时，我们只记得自己一无所有，却忘记了我们曾经拥有过许多美好的事物。在这种“贪婪”的心态中生活久了，我们就会觉得：没有我们欠世界的道理，只有世界欠我们的。直到有一天，我读到如下一个震颤心灵的故事时，才忍不住沉思良久：

修道院位于一座山上，山下是广袤的农田，山北是蔚蓝的大海。

修女安已在修道院生活了 50 年，但至今辽阔的大海仍令她惊叹，

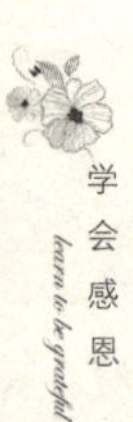

令她心醉神迷。安是个太简朴、太平凡不过的女人，没有一个至爱亲朋，也没有谁关心和热爱她。她年幼时就被领进了修道院，从来没有家，也没有父母。她总是别人吩咐干啥就干啥，所以最劳苦的活儿总会搁到她肩膀上。记不清多少年了，她一直负责擦洗那些硕大而肮脏的锅、壶、盆、罐。奇怪的是，多年的辛劳并没有损伤她的精神，反而使她的精神充满了力量。

安并非天生强壮。年幼时她十分孱弱。为促进她发育，她被安排在阳光充足的菜园里干活。随着时间的流逝，她越来越喜爱她精心培育的绿色植物。当嫩绿的幼苗破土而出时，她的心便会兴奋得战栗。对菜园的热爱开阔了她的心海，四周的大自然——田野、树林、动物和白云，无一不令她欣喜和沉迷。

她年轻时，总想向人倾诉这种喜悦和陶醉的感受，但似乎谁也不理解，也没有人认真听她的话。于是，她渐渐沉默了，变得沉默而谦卑，对他人怀着善心和敬意，觉得大家都比她强。不论读经，还是做漫长的祷告，都是她心力难及之事。她天生不擅劳心，又拙于言语，做祷告便很艰难。但她觉得自己已拥有了太多的欢乐，有满心幸福却无法与人分享，她觉得于心不安。

平静的岁月就这样流逝着。终于，有一天安遇到了一件事——她一生中重大的时刻来临了。

那是个炎热、晴朗的夏日。修道院派安去给山下一个老渔翁捎个口信，但渔翁不在家。在返回山上的途中，她来到一处可眺望大海的地方。她从没见过海水像今天这样湛蓝，船帆像今天这样洁白。痴迷的她向地平线方向眺望了很久。就在她将要离开时，她忽然发现距海滩一里远的礁石上躺着一个人。

安急忙来到海滩，鞋也没有脱就进海水，向那人走去。到跟前时，她看出那是个 16 岁左右的男孩，长着金黄色的头发，又高又瘦。他一动不动地躺着，头上有一道很深的伤口。她听了听他的心脏，他还活着。于是她坐在他身边，帮他洗净伤口。他是那样年轻，皮肤像婴儿一样光滑。她想背他上岸，但他太重。怎么办呢？渔翁家里空无一人，修道院又太遥远，她不可能在海潮涌来之前去修道院喊来帮手。

最后她脱下身上的黑袍，垫在男孩的头下。她又听了听他的心脏，想唤醒他，却做不到。她便开始祈祷上苍。海水逐渐涨上来了，她已打算和男孩一块儿死了。就在这时，男孩发出一阵咕哝声，片刻后他苏醒了，向四处望了望，坐起来了。

“你得赶快游到岸上去，”安说，“海潮就要来了。如果你待在这儿，会被淹死。如果你现在游，还能赶到岸上。”

他挣扎着站了起来。

“你必须游。”安又说了一遍。

“我——我的头一定被礁石撞伤了。你怎么知道我在这儿的？”

“我路过这儿，看见了你，当时水还不深。”

“你——你不会游泳？”

“噢，不会。”

“你本可独自上岸的，却一直待在这儿救护我？你不知道海水会淹上来吗？”

“我老了，日子不长了，你还那样年轻，你母亲……”

那男孩跪下来向岸上望去，仿佛在目测距离。

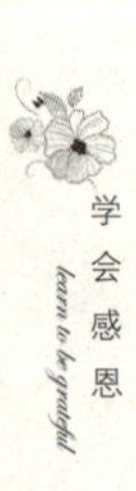

“把你的鞋子脱下来好吗？”男孩说。

她看着他，仿佛不明白。

他解释说，他必须这样才能使两个人都上岸。他是个游泳好手，但如果她穿戴太重……

她立刻照他说的办了。

那天晚上，修道院热闹非凡，但安却很平静。她坐在窗前，希望别人离去后她好观赏明月爬上山头。

修道院院长和牧师亲自来看望她，说了许多佳言妙语，但她大都听不懂。

整个修道院闹哄哄的，因为，想想看，修女安救了个富翁、名人的儿子，连名人本人也要来看她。他的巨大财富和名望并没有使安受到惊吓，因为他是个温和的人。儿子讲述的遭遇深深感动了他，他很想知道，为什么这位老妇人愿冒死救他儿子。

他温和地向安提了些问题。是否她感觉到某种责任？不是。是否是宗教熏陶所致？不是。那是什么呢？是否她感到生活孤寂和空虚，所以她宁愿死呢？不，更不是。他沉默良久，坐在那儿沉思良久，想悟出一个根本的原因。

夜色越来越浓了。“月亮就要升起来了，”安想，“现在，它一定照耀在树梢上了。”这时，那位名人无意中说了一句赞美山谷里那些美丽树木的话。

安突然扬起头说：“它们现在正是最繁茂的时候。”

名人突然悟到了什么，赶忙问安说：“在你看来，那些树林和月色同样也是太美了？”

名人的问话这下才问到了点子上。安用不太连贯、不太完整的句子，向那位名人描述说：一直以来，她都觉得，这世界的田野、树木，蓝天、白云，大海、帆船，阳光、月色……这世界的一切，都太美，太令人陶醉了。她享有了那样多的喜悦和幸福，却一直没有向这世界回报点什么，为此她深怀心债，觉得欠这世界太多。这心债在她心里成长，她不知该如何偿还它。当她看见礁石上的男孩时，她同时也发现，偿付心债的机会终于来了。如果她可以救他的命，或在救他之时牺牲了自己，她欠这世界的心债就可偿付了。

名人一下就全明白了，他对安感叹说："生命的价值是语言所无力描述的。你以自己微薄的力量，奉献了一份最伟大的礼物。享受美好的人生吧。当你明天看见旭日照耀海面时，你就可以对自己说：'如果没有我，这世界就会少一人欣赏这瑰丽的旭日了！'"

是啊，安的确以自己微薄的力量给这世界奉献了一份最伟大的生命礼物！然而我们呢？我们日日沉浸在这世界的田野、远山，蓝天、白云，大海、帆船，阳光、月色……的怀抱中，我们天天都在领受大自然给予我们的恩赐与礼物，我们为此欣喜和沉迷了吗？我们是否也像安那样兴奋得战栗、陶醉了呢？我们像安那样感觉到为此深怀心债了吗？

事实上，对于像安那样同样享有了那样多的喜悦和幸福的我们来讲，世界给予我们的实在太多，而我们回报给世界的，却实在太少了。我们都对世界欠了一笔巨大的心债，然而我们却利用了世界的慷慨，至今仍继续索取而拒绝偿还。为此，难道我们不应感觉到于心不安吗？

如果每个人都缺乏一颗"偿还"的心，那么，这世界最终或许便无法给予了。

生命的每一天都是礼物

什么时候，我们才会为自己拥有的一切满怀感激呢？难道只有当我们发现人生无常的时候，我们才能发现并乐于承认，我们所拥有的每一天，每一分钟，每一次呼吸，真的都是……上帝所赐予我们的礼物？

而在我们春风得意的时候，我们是不会记得为自己所拥有的一切而感谢上天的？

的确，生命的每一天都是我们所收到的礼物。然而，骄傲和漠然的我们却不这么认为。我们理所当然地呼吸着新鲜的空气和朝露，我们理所当然地享受着我们的自由和快乐。我们有自己的家，它天然就是我们歇息的地方；我们有爱我们的人，我们理所当然地享受着他们的关爱和付出。它们本来就是属于我们的东西，怎么突然就成了我们所收到的礼物呢?

要明白这一点其实不难，下面这个故事或许就是颇有启迪的：

每年的感恩节我都试图让自己的心中充满一种特殊的感激之情，然而事实上在这一天，我并没有感到过比其他时候更加深刻的谢意。我们家在用餐之前从来不做祷告，因此在每年 11 月的第四个周四，突然要在餐前祈祷并致谢，会让人感觉非常不习惯，而且我也认为这样做多少有些虚伪，好像在作秀似的。

上大学时我到姨妈家去过了一个感恩节。坐在餐桌边，他们要求每个人都说出一件表示感谢的事情。当时由于实在想不出什么事需要感谢，我便带着戏谑意味地说自己感谢“卡尔文·克莱因”牌的牛仔裤。后来我记得那位姨妈再也没有邀请过我到她家去。

幸运之神一直厚待着我，我嫁给了一个好男人，有一份极具创造力的工作，还生下了一个美丽的小女儿。直到 1998 年之前，在每年的感恩节我们对生活所怀有的满足都多于感激。但就在那年的 11 月，丈夫突然病倒，症状类似于流感：高烧、恶心、呕吐、肌肉疼，并且会时而出汗，时而发冷。我打电话向别人询问好的治疗方法，听起来当时好像可怕的流感正在四处肆虐，人人都告诉我让他多喝水，很快就会好起来的。

5 天的时间里，我用尽了自己所知道的一切方法照顾着安德鲁。他虚弱得只能躺在床上，吃不下任何东西，即便是在我的哄劝下啜吸的几口饮料，最后也全被吐了出来。有时他会因高烧而汗流浃背，我就要为他换下被汗水浸透的睡衣与床单。半小时后他又会冷得发抖，我就又要忙着将几条毛毯盖到他的身上。

我试过了各种办法，惟独没有拉安德鲁到他一向不喜欢去的医院——事实上我早该坚持那样做的。我的心里万分恐惧，因为安德鲁的身体一直都很好，我从没见他得过这么重的病，同时我也在担心自己与 3 岁的女儿罗丝会染上同样的病。我已经有了 5 个月的身孕，我知道自己的身体是经受不了疾病的侵袭的。不得已我只好端了一盆消毒液，将安德鲁碰过的门把手、电话等等都仔细地擦拭了一遍。为了保险起见，我不让罗丝进安德鲁的房间，晚上还搬到了罗丝的双层床上去睡。

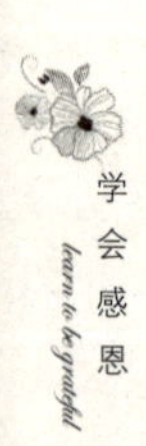

本来我们早已定好那一年的感恩节要在姐姐家中过，父亲与继母会专程开车从一千多公里之外赶来，为此姐姐还特意费尽心思准备了节日大餐。我不想由于自己一人而扫了大家的兴，因此只得带着愧疚的心情将发烧的丈夫独自留在了家中，并在临走前一再叮嘱他要记得多喝水。

第二天早上，我坐在丈夫的床边，对他讲述着前一晚的快乐时光，以及他所错过的那一顿丰盛的感恩节大餐。在谈话间我意识到安德鲁正在产生幻觉，紧接着多日来埋藏在内心深处的恐惧感突然之间再次涌了上来，我真的害怕安德鲁会就此永远地离开我。我狂乱地抓起电话，打给了一位在急诊室工作的朋友，请他帮我送安德鲁到医院去。

朋友赶来后走进安德鲁的房间，看了他一眼便问我："他的肤色发黄有多久了？"

"发黄？"以前我一直没有注意过，这时才看出丈夫的肤色已像蜡纸一样黄了。而肤色发黄则意味着黄疸、肝炎、肝衰竭……我已不敢再继续想下去了。

我们立刻把安德鲁送进了医院的急诊室。而在接下去的12个小时中，安德鲁的情况由糟糕转为恶化，他的主要器官都不明原因地衰竭了，血压极低，脉搏极快。

傍晚时一组专家聚集到安德鲁的病床边，其中包括心、肺、肾与血液科的医生。稍后他们又耐心、沉稳地让我讲述安德鲁生病以来的情况，以求找出使一个健壮的男人突然病倒的真正原因。

从医生们相互对视时那谨慎的眼神中，我可以看出这些一向权威的专家也被安德鲁的怪病难住了，由此更加剧了我的恐慌，暗自担心这一次医术高明的医生也救不了安德鲁了。

在大厅中护士看到腹部微微隆起的我，带着同情的目光安慰着我，让我不要过分地担忧。我在心里想着是不是需要将医院中的教士找来，安德鲁是否还有未了的心愿呢?

签署了同意给安德鲁的心脏插入导管的协议后，已疲惫不堪的我只能回家去睡一会儿了。

家中漆黑一片，没有安德鲁与罗丝的家变得空空荡荡。姐姐已将罗丝接走了，安德鲁住院期间，她会代我照顾孩子。一时之间我感到那样的孤独，蜷缩进罗丝的双层床，我将她的绒毛猴子拥在了怀中。那一觉睡得断断续续，每隔一个多小时就会醒来，给医院打个电话，而每一次都在担心听筒那头传来安德鲁已经离开了这个世界的消息。

天蒙蒙亮的时候，我穿上衣服，昏昏沉沉地拖着疲惫的身体来到医院，并带了罗丝的照片来摆在安德鲁的床边。我相信看到罗丝那灿烂的笑容，安德鲁是不会就这样轻易离我们而去的。

而就在那一天，安德鲁的情况开始好转。他在医院住了近一周，回到家中又休养了一个月。直到后来我们才了解了安德鲁的真正病因。由美国一家专业机构所作的试验表明那是因钩端螺旋体病——一种动物所携带的疾病——所致，它一般可以通过被尿与粪便污染的土壤和水感染，但这种可能性都是非常小的，我们也一直都没有弄清安德鲁是怎么得上这种病的。

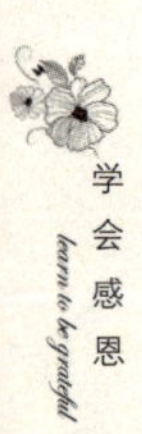

新年过后，安德鲁又去上班了，他已完全康复，没有给身体留下任何的不良影响，我们的生活也恢复了原样。然而渡过这一段危难的特殊经历却改变了我们，改变了我。

我独自呆坐在家里等待安德鲁病况发展的那个夜晚，使我终于意识到自己对丈夫的陪伴是多么的依赖。认为一切都是那样理所当然地与丈夫幸福生活了 13 年后，我突然感动于他每日的守护、永恒不变的承诺以及给予我的信任。

那年感恩节安德鲁逃脱死神魔掌的经历对我们的影响非常大。随后我们到安德鲁的家里参加了一个家庭聚会，全家 26 个人欢乐地围坐在巨大的餐桌边，我突然想出了一个绝妙的主意。首先我交给每个人一张彩色的纸条，要他们在上面写下自己所要感谢的事，并依次将这些感激大声地念出来，然后再将我们所写的纸条连成一条长长的感谢环。对于我，这个感谢环象征着安德鲁患病期间亲戚与朋友对我们所表达的爱与关怀。

当轮到我写自己的感谢时，我没有提到牛仔裤。我已不再为不知该对什么事表达感谢而发愁了，因为我明白了人生之中充满了太多的惊奇与无常。

每天夜里我伸出手就可以触摸到睡在身旁的丈夫那健壮的臂膀；每个周末我可以依偎在他怀中，伴着缠绵的乐声悠然起舞；每个清晨我可以满怀温情地爱抚新出世的小儿子黄色的鬈发，亲吻他那酷似父亲的脸颊，而心中不会带有任何的遗憾……每当沉浸在这样幸福的时刻之中，一种甜蜜的谢意就会从心底涌上来，因为每一个平安、祥和的日子都是上帝给予我们的礼物，是值得我们深深地去感谢的。

生命的额外之物

不错，对我们的生命来讲，是宇宙提供了一切——阳光、空气、水、食物——我们所赖以生存的必需品。可月光和星光却显然是额外之物。音乐、香料、色彩也是额外之物。是谁把它们带到这个世界上来的？又是为了什么目的呢？风，也许是一种必需品，可风吹过树林时奏起的沙沙乐声又是什么？

面对如此之多的生命的额外赠礼，有哪一个苏醒的灵魂不会为之深深感动？

10月的一个夜晚，我神情沮丧地沿着海边乡村小道走着，去看望一位身患重病的朋友。一轮圆月高悬空中，那迷离的银辉慰藉了我的心灵。这世界是如此光彩夺目，把凋零不堪的灌木丛以及不起眼的石头沐浴得楚楚动人，阵阵微风夹带着潮湿的咸味从汹涌的海潮中吹来。

我的朋友也被这美好的夜晚唤醒过来。他透过窗子望见了那迷人的月色，那倾泻在潮汐上的粼粼银光，以及那穿越树林的斑驳的阴影。我坐在他身旁，一直模仿鸟在月光下唱着动听的歌。

多年之后，朋友对我说：“我以为那天夜里会是生命的最后时刻，可当我听到窗外那只鸟的歌声时，便预感到自己的病会好起来。”在靠近

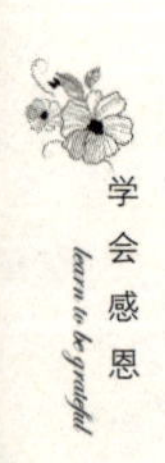

他床边的桌上放着一个病人的所有必用品，他从中得到过一些安慰。但那月光，那浓郁的海风味，以及那小鸟奔放的歌——这些才是他新生的源泉。

对这件事我想了很多。不错，是宇宙提供了一切——阳光、空气、水、食物——我们所赖以生存的必需品。可月光和星光却显然是额外之物。音乐、香料、色彩也是额外之物。是谁把它们带到这个世界上来的？又是为了什么目的？风，也许是一种必需品，可风吹过树林时奏起的沙沙乐声却完全是两码事。

我曾经对星星有过好奇的经历。黄昏时刻，我走在通往农场的路上，突然被剧烈的风暴所袭击。大雨在咆哮的黑暗中瓢泼而降，电闪雷鸣令人心悸。一道电光划来，击中了一棵距我仅 20 英寸的树，那树噼啪一声倒下，唯独我孤零零地、无援地站在极度肆虐的狂风中。

我透过暴雨，眯眼虔诚地向西方望去。令人惊奇的是，在一片漆黑中，我看见一条几乎比手大不了多少的罅隙，它的正中闪烁着一颗晚星。那星在远处宁静与平和中眨眼，仿佛对我的心说："暴风雨是暂时的，天空在这儿，星星在这儿。"

我的周围一片混沌，空中传来的信息却令人振奋，于是我定了定神，在渐弱的暴风雨中摸索着路，艰难地向前走去。待到家时，天空已繁星灿烂。

星星给我以上帝的感觉，我情不自禁地对它充满了感激之情。人类的大脑也许倾向于拒绝证实上帝的博爱，可心灵却几乎做不到这一点。对于感受精神上的东西，心灵是更好的向导。

我认识一位老猎人，虽说是无名之辈，但却是一位诚实的朋友。一个偶然的机会，他告诉了我一个隐藏在内心深处的秘密。我听后，深感这件事非常了不起。故事的内容是这样的：

“这是去年6月里发生的事。”朋友告诉我，“多年来我和比尔·毛洛之间积怨颇深。上次我们相遇时，如果不是朋友把我们分开，我们会在那儿来一个了断。

“自那夜之后，我揣测我们之间总有一个要结果掉另一个。我知道他手里有枪，而且我也照样准备了一支。噢，就在6月的那天，有位朋友告诉我，比尔说他正筹划着要杀我。我决心同他决一死战。那天傍晚我向比尔家走去，打算干掉他。

“在距他房子一英里的地方，我发现有人沿路走来，便急忙躲到一边的灌木丛中，手里握着枪，胸中装着邪恶，静静地等候着。就在我抬起左手，拨开一根树枝时，突然发现上面有一朵洁白的花。

“你也许认为我是个傻子，但我确实这么做了：歪过身子去嗅那朵花。我母亲过去曾喜爱这种花，当我还是小孩时，她曾让我从沼泽地里挖回这种花树植在院子里。她到另一个世界里去时，手里也握着这种花。此刻我正考虑着妈妈希望我怎样对待这种人。

“首先我明白，比尔正迎面走来。可结果是，我现在不想伤害他。我步出草丛叫住了他，以走上前去的方式使他明白仇恨就此化解。一切都过去了，我们当场言归于好。

“那么你会相信这一切变化——都是因为那朵花吗？但这却是事实，正像我所告诉你的那样。”

确实，美可以触及人的灵魂，可以使精神焕然一新，可以赋予生命以新的内涵。

一天，我试图逃避失去最心爱的人的痛苦，来到森林深处。忽然听到一只鸟在树梢上鸣唱，歌声回荡在森林湖上空。啊，我的四周充满了乐声；潺潺小溪溅着浪花从树根旁流过；沙沙清风摇曳着葱茂的草丛。一切在我眼里都具有一种原始的、与世隔绝的美。

音乐与美，这些额外之物给我带来什么感觉？慢慢地，我从强烈的悲痛中解脱出来，变得平静了许多。

在这森林之地，我看见了生命与死亡——树上的绿叶与地下的枯叶，立着的树与锯倒的树。如果你是诚实的，当问起这样一个问题：什么东西会死？你会回答：所看到的一切。在森林里，我被自然的美所包围，明白了如果我们想要得到甘泉——即使在悲痛中，也一定会捕捉到它——而那个东西一定是属于精神世界的。

为了永恒的力量，我们必须依靠信念；为了持久的希望，我们必须依赖的，不仅是能够看到的事物，而且还有我们肉眼看不到，心灵却能感受到的事物。

不论我的宗教信仰如何，我深深地感到生命的额外之物把信念赋予了我，并且它不会随时间的推移而消失。生命之路并非总是洒满阳光，我非常清楚还有那笼罩着死亡的幽谷。我熟悉视觉看不透的面纱，但我更明白，从我们如此痴迷地欣赏的圣洁的美中，在面纱后面，是那仁慈的、充满爱心的上帝。

莫忘致谢

究竟什么是感恩呢？

感恩不只是一种对于生命馈赠的欣喜，也不只是一种对于这一馈赠所给予的言辞的回馈；感恩乃是用我们赤子般纯全无瑕的心，去领受那付出背后的艰辛、期冀、关爱和温情。感恩是茫茫天地间宇宙大爱的传承，感恩是宇宙洪荒中生命与生命相联系的见证。

自然、世界所给予我们的恩赐的确太丰盛了，丰盛到了让所有的人都惊奇的程度：它不仅包括我们生命的必需品，更包括了数不胜数的生命的额外之物。因此，在生命的无限恩赐面前，我们每一个人都应心怀感恩，在生命的每一时刻，我们都不能无动于衷。

然而，感恩究竟是一种什么样的心态和智慧呢？感恩到底有什么特别的内涵，需要我们认真地去领略？在我们日常致谢的礼貌言辞背后，我们到底传达了些什么？又忽略了些什么？感恩仅仅是一种社交技巧、人情世故吗？或者还是别有深意在其中？

看来，我们对感恩的疑问还真不少。为此，读读美国作家费思·安德鲁斯·贝德福德的诠释，或许是不无益处的：

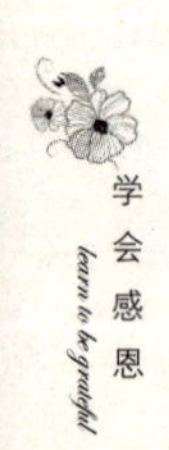

依琳娜、莎拉和德鲁还小的时候，每当他们要向人家致谢，就口述感谢词句，由我笔记。但是到孩子长大一些，有能力自己写感谢信了，却必须我催三请四才肯动笔。

我会问："你写了信给爷爷，谢谢他送你那本书没有？"或问："陶乐思阿姨送了你那件毛线衫，你可向她道谢？"他们的回应总是含糊其辞，或耸耸肩膀。

有一年，我在圣诞节过后催促了几天，儿女竟一直毫无反应，我大为气恼，便宣布：谢柬写妥投邮之前，谁也不准玩新玩具或穿新衣。他们依旧拖延，还出言抱怨。

我忽然灵机一动，就说："大家上车。"

"要去哪里？"莎拉问，觉得好奇怪。

"去买圣诞礼物。"

"圣诞节已经过去了。"她反驳说。

"不要啰唆！"我斩钉截铁地说。

待孩子都上了车，我说："我要让你们知道，人家为了送你们礼物，要花多少时间。"

我对德鲁说："麻烦你记下我们离家的时间。"

来到镇里，德鲁记下抵达的时间。三个孩子随我走进一家商店，帮我选购礼物送给我的妹妹。然后我们回家。

三个孩子一下车便向雪橇走过去。我说："不许玩，还要包礼物。"孩子们垂头丧气地回到屋里。

"德鲁，记下到家的时间没有？"他点点头。

"好，请你记录包礼物的时间。"

孩子们包礼物时，我替他们冲泡可可，终于最后一个蝶形结也系好了。“一共花了多少时间？”我问德鲁。

他说：“到镇上去，用了 28 分钟，买礼物花了 15 分钟，回家用了 38 分钟。”

“包这几个盒子用了多少时间？”依琳娜问。

“你们俩都是两分钟包一个。”德鲁说。

“把礼物拿去邮寄，要花多少时间？”我问。

德鲁计算了一下，答道：“一来一去 56 分钟，加上在邮局排队的时间，要 71 分钟。”

“那么，送别人一件礼物总共花多少时间？”

德鲁又计算了一阵：“2 小时 34 分钟。”

我在每个孩子的可可杯旁放一页信纸、一个信封和一支笔。“现在请写谢柬。写明礼物是什么，说已经拿来用了，用得很开心。”

他们沉默构思，接着响起了笔尖在纸面上划过的声音。

“花了我们 3 分钟。”德鲁一面说一面把信封封好。

“人家选购一件情意浓厚的礼物，然后邮寄给你，所花的时间也许超过两个半小时，我要你们花 3 分钟时间道谢，这难道是过分的要求吗？”我问。三人低头望着桌面，摇摇头。

“你们最好现在就养成这习惯。早晚你们要为很多事情写谢柬的。”

德鲁叹了口气：“例如哪些事情呢？”

“例如别人请你吃晚饭或午餐，或者邀你上他家度周末。又或者你申请大学入学，或求职，别人花时间给你提供宝贵意见。”

“你小时候也写这些吗？”德鲁问。

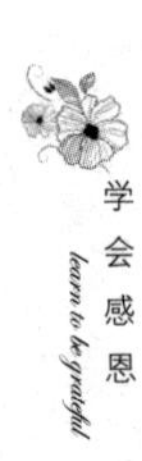

“当然。”

我想起了亚瑟老爷爷。他是我曾祖父最小的弟弟，家住马萨诸塞州，我从没见过他，可是每年圣诞节他都送我一份礼物。他双目失明，由住在隔壁的侄女贝嘉过来帮他开出一批 5 美元的支票，分别寄给每一个曾侄孙和玄侄孙。我每次都回信致谢，并且告诉他这 5 美元是怎么用的。

后来我去马萨诸塞州就学，这才有机会探望亚瑟老爷爷。闲谈间，他说很欣赏我写的谢柬。

“那时你漂亮不漂亮？”莎拉问。

“我的男朋友说我漂亮。”我说着就走到书架前，取下一本照片簿翻开。在照片中，我站在自己家里的壁炉前面，身穿黑绒晚礼服，头发绾得很精致，像个法国贵妇，旁边有个英俊青年。

“原来是爸爸！”依琳娜有点惊讶。

我微笑着点点头。三个孩子坐下来，纷纷看着自己写好的谢柬，若有所思……

毫无疑问，贝德福德以一种独特的方式给自己的孩子上了生动的一课，同时也告诉我们：所谓感恩，它不仅仅只是一种对于生命馈赠的欣喜，也不仅仅只是一种对于这一馈赠所给予的言辞的回馈；所谓感恩，它乃是用我们赤子般纯真无瑕的心，去领受那付出背后的艰辛、期冀、关爱和温情。感恩是茫茫天地间宇宙大爱的传承，感恩是宇宙洪荒中生命与生命相联系的见证。

感恩节的荆棘花

我的上帝啊，我曾无数次地为我生命中的玫瑰而感谢您，但却从来没有为我生命中的荆棘而感谢过您。请您教导我关于荆棘的价值，通过我的眼泪，帮助我看到那更加明亮的彩虹……

当珊德拉迎着11月的寒风推开街边一家花店的大门的时候，她的情绪低落到了极点。一直以来，她都过着一种一帆风顺的惬意的生活。但是今天，就在她怀着孩子已经4个月的时候，一场小小的交通意外无情地夺走了她肚子里的生命，也夺走了她全部的幸福。

这个感恩节本来是她的预产期，而且偏偏就在上个月，她的丈夫又失去了工作。这一连串的打击，令她几乎要崩溃了。

“感恩节？为什么要感恩呢？为那个不小心撞了我的粗心司机？还是为那个救了我一命却没能帮我保住孩子的气囊？”珊德拉困惑地想着，不知不觉中就来到一团团鲜花面前。

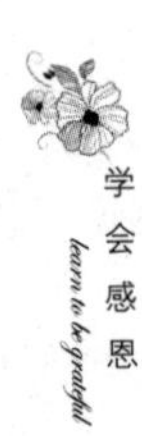

“我想订花……”珊德拉犹豫着说。“是感恩节用的吗？”店员问，接着又继续说道：“我相信，花都是有故事的。在这个感恩节里，您一定想要那种能传递感激之意的花吧？”

“不！”珊德拉脱口而出，“在过去的五个月里，我没有一件事是顺心的。”话一说完，她不禁为自己的心直口快感到后悔。

“我知道什么对您最合适了。”店员接过话来说。

珊德拉大感惊讶。这时，花店的门铃响了起来。“嗨，芭芭拉，我这就去把您订的东西给您拿过来。”店员一边对进来的女士打着招呼，一边让珊德拉在此稍候，然后就走进了里面一个小工作间里。没过多久，当她再次出来的时候，怀里抱满了一大堆的绿叶、蝴蝶结和一把又长又多刺的玫瑰花枝——那些玫瑰花枝被修剪得整整齐齐，只是上面连一朵花也没有。

珊德拉狐疑地看着这一切，这不是在开玩笑吧？谁会要没有花的枝子呢！她以为那顾客一定很生气，然而，她错了。她清楚地听到那个叫芭芭拉的女人向店员道谢。

“哎，”珊德拉忍不住开口了，声音变得有点结结巴巴的，“那女士带着她的……哎……她走了，却没拿花！”

“是的，”店员说道，“我把花都给剪掉了。那就是我们的特别奉献，我把它叫做感恩节荆棘花束。”

“哦，得了吧，你不是要告诉我居然有人愿意花钱买这玩意儿吧？”珊德拉不理解地大声说道。

“三年前，当芭芭拉走进我们花店的时候，感觉就跟你现在一样，认为生活中没有什么值得感恩的。”店员解释道，“当时，她父亲刚刚死于癌症，家族事业也正摇摇欲坠，儿子在吸毒，她自己也正面临着一个大手术。我的丈夫也正好是在那年去世的，”店员继续说道，“我一生当中头一回一个人过感恩节。我没有孩子，没有丈夫，没有家人，也没有钱去旅游。”

“那你怎么办呢？”珊德拉问道。

“学会了为生命中的荆棘感恩。”店员沉静地答道，“我过去一直为生活当中美好的事物而感恩，却从没有问过为什么自己会得到那么多的好东西。但是，当厄运降临的时候，我问了。我花了很长一段时间才明白，原来黑暗的日子也是非常重要的。我一直都在享受着生活的‘花朵’，但是，荆棘使我明白了上帝的安慰是多么的美好。你知道吗？《圣经》上说，当我们受苦的时候，上帝就安慰我们。借着上帝的安慰，我们也学会了安慰别人。”

珊德拉屏住呼吸思索着眼前这位店员的话，犹豫地说：“我想，说句心里话，我不想要什么安慰，因为我失去了我的孩子，我的丈夫也失去了工作，我对上帝感到生气。”

正在这时，又有人走了进来，是一个头顶光秃秃的矮个子胖男人。

“我太太让我来取我们的‘感恩节特别奉献’……12 根带刺的长枝！”那个叫菲利的男人一边接过店员从冰箱里取出来的、用纸巾包扎好的花枝，一边笑着说。

“这是给您太太的？”珊德拉难以置信地问道，“如果您不介意的话，我想知道您太太为什么会想要这个东西。”

“哦，不介意……我很高兴你这么问。”菲利回答道，“四年前，我和太太差一点儿就离婚了。在结婚 40 多年之后，我们的婚姻陷入了僵局。但是，靠着上帝的恩典和指引，我们总算把问题给解决了。我们又和好如初。

“这儿的店员告诉我，为了让自己牢记在‘荆棘时刻’里学到的功课，她总是摆着一瓶子的玫瑰花枝。这正合我意，因此就捎了些回家。我和

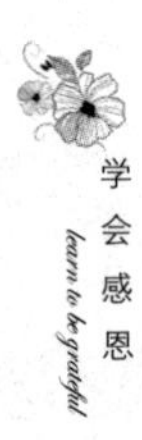

我太太决定把我们的问题都写在标签上，然后把它们一一贴在这些枝子上，一根枝子代表一个问题。然后，我们就为我们从这些问题上所学到的功课而感恩！

“我诚挚向你推荐这一特别奉献！”菲利一边付账，一边对珊德拉说。

“我实在不知道我能不能够为我生命中的荆棘感恩。”珊德拉对店员说道，“这有点儿……不可思议。”

“哎，”店员小心翼翼地说，“我的经验告诉我，荆棘能够把玫瑰衬托得更加宝贵。人在遇到麻烦的时候会更加珍视上帝的慈爱和帮助，我和菲利夫妇都是这么过来的。因此，不要恼恨荆棘。”

眼泪从珊德拉的面颊上滑落。她抛开她的怨恨，哽咽道：“我要买下那 12 根带刺的花枝。该付多少钱？”“不要钱，你只要答应我把你内心的伤口治好就行了。这里所有顾客第一年的特别奉献都是由我送的。”店员微笑着递给珊德拉一张卡片，说道，“我会把这张卡片附在你的礼品上，不过，或许你可以先看看。”

珊德拉打开卡片，上面写着：我的上帝啊，我曾无数次地为我生命中的玫瑰而感谢您，但却从来没有为我生命中的荆棘而感谢过您。请您教导我关于荆棘的价值，通过我的眼泪，帮助我看到那更加明亮的彩虹……

眼泪再一次从珊德拉的脸颊上滑落。

橡树的恩赐

大自然的神奇是窥探不尽的。大自然的恩赐也窥探不尽。当大自然一次又一次地拯救了身陷绝境中的我们时，我们只能慨叹，生命是一场奇遇，一场不期然的相逢，一场生命与生命的相互预备！

曾读到过这么一个故事，它让我一再地惊叹大自然的神奇是窥探不尽的，大自然的恩赐也窥探不尽：

1972 年的那个严寒的冬季，我带着几位从没见过寒带原始森林风光的上海知青，进入到原始森林的深处去“观光”。为了躲避一只受到惊扰突然从冬眠中醒来而暴跳如雷的熊，我们在惊慌中拼命奔逃，等我喘着大气停下来的时候，却发现自己已成了孤身一人，而且在莽莽苍苍的原始森林中迷失了方向。干粮断绝两天之后，我疲惫地走进了一片低矮而密集的橡树林，只觉得眼前突然一亮：我终于见到了完整的太阳（在以红松、白桦等高大树种为主的林海深处，不仅看不到完整的太阳和月亮，连星星也难以见到）。

我见到了完整的太阳，心中也升起了生命的希望，因为我知道，橡树的果实——橡子，是可以食用的。小时候，我曾吃过橡子面制作的食品，不仅耐饥饿，口感也不错。

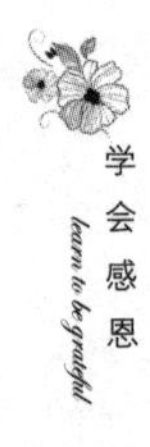

我急不可耐地寻找橡子，遗憾的是树上的橡子大部分已被鸟儿或松鼠吃掉了，只留下空空荡荡的壳……我蹲在地上扒开积雪，挖地三尺地搜寻，结果还是一无所获。

我绝望地在一棵枯死的橡树旁坐下了。一阵紧似一阵的寒风吹得饥肠辘辘的我一阵紧似一阵地颤抖，我感觉自己也变成了一副空空荡荡的躯壳，我已两天两夜没吃东西了！

在绝望中，对生命的渴望使我又作着最后的努力，我用匕首剥刮枯死的橡树树皮，想用它们燃起一堆驱散严寒的篝火……就在这时，意外的惊喜发生了：被剥去树皮的光溜溜的树干上出现了许多小洞，而每个小洞中都镶嵌着一粒橡子！饱满成熟的、珍珠般闪亮的橡子！

我近乎疯狂地用锋利的匕首在小洞上挖了起来……真是大自然的恩赐，每个小洞都是鬼斧神工，不大不小，不深不浅，刚好镶进一粒同样大小的橡子。（现在回想起来，那树干简直就是一件完美的艺术品。）

干枯的橡树皮和橡子壳在篝火中欢快地跳跃，映红了白茫茫的冰天雪地……我用烤熟的橡子驱散了绝望，恢复了体力，然后依靠北斗星认准了方向，最终走出了原始森林。

我回到了连队（连队已准备为我开追悼会了），同伴们听了我的奇遇之后都感到很惊奇。这个谜也从此在我的内心深处沉淀下来，久久没有解开。

直到前不久，我遇到一位研究寒带原始森林的专家，才知道救了我生命的不是任何神灵，而是森林中常见的啄木鸟。专家说，啄木鸟与许多在寒带森林定居的鸟类和动物一样，每年秋季都要为自己贮藏食物过冬，为了不使贮藏的食物被其他鸟儿或动物抢掠或盗走，它便在树干上啄洞，然后把食物贮藏在洞中……

我惊呆了，好半天默然无语：当年拯救了我生命的，竟是一只啄木鸟！当年我所遭遇的，竟是这样的一种奇遇。啊，深处绝境中的我们，原来生命本来就是一场不期然的相逢，一场生命与生命的相互预备！

当然，那专家还告诉我："啄木鸟贮藏食物时不仅要挑选好几棵树，甚至还会挑选好几棵不同形状和不同种类的树……你只是吃掉了贮藏在一棵树上的橡子。它也许会挨几天饿，但不会饿死……"森林专家还说，"啄木鸟贮藏食物只挑选枯死了的树……它们甚至比我们人类更懂得保护养育了它们的大森林……"

啊，我的橡树林，我的啄木鸟，你们现在可知道我的牵挂和惦记。

陌路相逢的感动

在生命与生命的陌路相逢中，许多人会随着时间的流逝而被你忘却，但有时一个不经意的微笑、一些不起眼的细节、一句再简单不过的话语，却成为生命中花开的瞬间，触动心坎中某根荒疏的弦，令你为之震颤，从而璀璨一生，感动一生，顿悟一生。

在生命与生命的陌路相逢中，许多人会随着时间的流逝而被你忘却，但有时一个不经意的微笑、一些不起眼的细节、一句再简单不过的话语，却成为生命中花开的瞬间，触动心坎中某根荒疏的弦，令你为之震颤，从而璀璨一生，感动一生，顿悟一生。

有一则感悟就是这样写的，它让我坚信，对于那种生命的陌路相逢，我们也需要感恩：

坊间曾流行过类似“改变一生的一句话”的励志性书籍。一句话就能改变一生吗？听来夸张，但相信可能。我一直肯定读书的价值。在智慧的书页间，往往会蓦然发现一段文字、一个观念，或仅仅只是一句简单的话，却能令你为之震颤，从而顿悟。就算不能改变一生，苦苦寻觅的灵魂仿佛也得到了某种救赎与安慰，令你一辈子心怀感激。

生命中曾有这么一天，我在滨海的轩窗下，遇到了一则激醒人心、荡涤灵魂的佳句。

一直被认为是幸运的，书香门第，算得上聪慧，够用功，长得还讨人喜欢，老师最常用的评语是“品学兼优”。

这样一名学子，好像正一步步迈向朗天润日的前程，与什么流浪、出走、失落的一代、世路崎岖这一类名词不可能发生关联。都这么认为，我也是。

然而，内里潜伏着的某种不安的因子，却在青春期以后日益壮大了。外在表现仍不负众望，心灵深处却喧腾着莫名的骚动与苦闷。老想挣脱什么似的，渴望飞翔，渴望远方，且开始对既定的规范与教条产生质疑。

或者因对一切太过认真，太执著于追根究底的缘故，水一般清浅的外表下，竟是炙烫如岩浆的魂灵。才气纵横的 20 年代文人梁遇春曾如此自剖：“最感到痛苦的就是我的心太活跃了。”活火山一般的心是生之炼狱。埋入厚厚的哲学典籍之中，我焦渴地寻找存在的意义、真理与价值。在沾染着悲情、唯美与理想色彩的年岁，我执意探问自己的内心世界。不属于俗世的赞誉或期许，无视于深情男子眷恋的目光，以为浮生种种俱属烟幻虚华——众人眼中，我突然变为桀骜自负的冷色女子。

怀着一种不被了解的亘古寂寒，我飞离了家乡。仍坚信，这世界上必有一个了解我的人在蓦然回首处等待。然而，行走于陌生的国度，荒城落日，野漠穷秋，我在异域的悲风中碎散，如一枚无足轻重的透明游离的单细胞。

深深的挫伤之后，远避海隅，舔干泪和血，在一扇可以遥望风帆与鸥鸟的轩窗下，我读到卢梭的句子：

除了身体的痛苦和良心的责备以外，我们的一切痛苦都是想象的。

智者的言语如清风朗月，拂照我桎梏的心灵。渐悟自己并不具备不羁浪子那样的潇洒，或者天涯独行那般的孤绝。与其说我喜爱浪游天下，不如说我的心曾经脱序，在不属于我的轨道上运行。但是，异域的经验，也终于使我更加明白了自己：柔弱、至情、多感。

以往，我在已结集成书的文字中，细细掇拾心的吉光片羽，极力地用无瑕的字句雕琢美。读者与编者俱曾如此表示："你的笔下，呈现美丽的心情国度。"而世途辗转，心路崎岖，我终能投入沸沸扬扬的人间烟火，甘于成为一粒虽细微但有温暖、有热度的火星子。美，是高境，毕竟并非实质的生活。而流浪，却是生命的原相——我们在岁月里流浪，我们每一时刻都在和上一分秒诀别；我们在城市与城市之间流浪，只有爱和感激的足印留下。

我的笔在纸与墨之间流浪，正是由于爱，由于感激，澎湃不已的灵思才能凝定为一个个恩深情重的文字。我想，我终究是幸运的。因为，当一切湮逝，文字拓下的足迹将绵延不绝。

然而，若不是那样一个有着风帆与鸥鸟的日子，我不意与卢梭相遇，或许，我无法破解思想的魔咒，也无法走出心灵的困境。虽然，生命并不因此否极泰来，我的文字生涯并不因此青云直上，但是在流浪的岁月中，在峰回路转的世途上，我确信自己拓下的唯有爱，唯有感激。

感恩是美好的

感恩是美好的，有了感恩之心，我们就能感受、品尝、体会到生活的美好并顺其自然地生活。感恩是美好的，感恩使内心充满愉悦，使心灵戴上光环，使精神得到慰藉。谁的感觉和意识中充满了感恩，那他便青春永驻，永远富足！

不管是因生活的美好才使人们有了感恩，还是因为有了人们的感恩才使世界变得更美好，总之，感恩是美好的，感恩就是对生命美好的领略。但是，为什么总是有人要忽略、歪曲这生活之美，而不带丝毫的感恩之心呢？原因在于，这样的人不像其他万物生灵那样循着天定正途、大自然的引导和上苍的启示生活，而是按照其自定的法则生活。这些法则乃是其依据唯我主义、狂妄自大和个人好恶所随意制定的。所以，他们常与异类为敌，对同类行恶。他们的行为常常禽兽不如。

诚然，兽类也会为食色而相互残杀，鸟类会为食色而相互撕咬，但它们的残杀和撕咬只是短暂的行为，既无预谋，亦无后仇，更没有伴随其后的罪恶。然而人却与之不同，他是生活之中的灰尘，平安之中的浑浊。他有记忆力，所以对往事念念不忘，将仇怨牢记在心；他有洞察力，所以常为自己制造布满恐惧的未来。他的生活是永无休止、永不消歇的

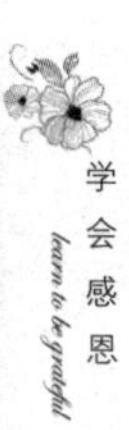

激烈厮杀，他要么为记忆中昨天的旧恨复仇，要么为预见中今天的食物而不择手段地攫取，要么为想象中明天的恐怖而小心防范。这样的人，如何能以一颗感恩的心，将生活的美好领略?

因此，感恩是美好的，有了感恩之心，我们就能感受、品尝、体会到生活的美好并顺其自然地生活。鸟儿懂得感恩，因为它懂得怎样将花园中的五颜六色装点到自己的羽毛上，将花园中的乐曲集于自己的啭鸣之中；狮子懂得感恩，因为它能够使森林的威严活生生地体现在它的威严之中；骆驼懂得感恩，因为它使自己存于大漠之间，使大漠中的山丘化为它的形体，将大漠的黄沙描绘在它的肤色之中。

仿佛大千世界之中的万物生灵都在追随着大自然，受其影响，成为美好生活的一部分。而只有我们人类，喜欢偏离上苍在创造我们时为我们确定的正途，不愿成为美好生活的一部分。放弃我们的仇怨和恐惧，单单去领会生活的恩赐与美好吧。假如说对生命恩赐的感受、品尝和体会乃是一种生命之光和天籁之音的话，那么，如果我们缺乏了一颗感恩的心，这样的光明和声音就是无法照进我们的盲人之眼、震动我们的聋子之耳的!

感恩是美好的，它的美并不局限于某个阶层而不惠给另一个阶层，亦不局限于某个民族而不惠给另一个民族。它的美是上苍在上天与下界撒播的艺术灵光。让我们全身心地去追寻，尽情地去领会吧！凡有感恩之心的人，都会在每一个景致中发现美，都会在每一个地方感受到美。那些对生活的恩赐熟视无睹的人，生活的自然之花在他们身上已然枯萎，他们的感官已然麻木，所以，存在于他们和世界万物之间的真实和正确的纽带就是断裂的。

感恩是大自然保护生活、保存生命本质的手段，它以感恩使离散的东西重新会聚。同时，感恩是内心的愉悦，是心灵的光环，是精神的慰藉。谁的感觉和意识中充满了感恩，那他便青春永驻，充满富足！

感恩是美好的，美的感受，其表现是欢乐与幸福。因此，凡感恩匮乏之处，你就会看到：那里笼罩着暮气与忧伤；那里的生活被疲惫所困扰，被丑恶所蚀化；那里生灵的悟性便会死亡，善恶被颠倒。大自然的恩赐须由感恩的心灵去感应，生活的清纯须由心灵的清纯与之对应。对于那些感觉阴暗、暮气沉沉的人来说，生活的醇美他们是永远品尝不到的。

只有心怀感恩的人，方能视万物皆为恩赐之物。只有你意识中充满了感恩，世界才会在你心中显得无比美好，苦味在你口中才会变得甘之如饴，苦酿才会在你口中变成琼浆玉液。你会情不自禁地向往到乡村一游，同蝴蝶一道飞舞，同鱼儿一道戏水，同鸟儿一道鸣唱。你可同富翁们比富有，赛欢乐。你可以自豪地对他们说："美好产生出来的幸福远远超过了金钱产生出来的幸福，金钱属于你们，你们只能自己享用，而美好属于上苍，可把它施与众生！"

是对生命与生活的洞见

感恩需要一种穿透人生的智慧

感恩是一种生活态度

感恩是保持一颗过客的心

感恩是一种生存境界

感恩是一种灵魂的洗礼

感恩是对有限生命的珍惜

感恩是对现在拥有的在意

感恩是永远对自己得到的心怀感激

感恩之心是成功的第一步

感激冤家和对手

感恩的心让我们谦卑

感恩需要一种穿透人生的智慧

假如说感恩就是一种对生命恩赐的领略的话，那么，为了答谢上苍所给予的永恒的美好和持久的希望，我们所必须具备的，就不仅只是肉眼的世俗浅见，而更需要一种智慧和信念，才能超越流俗，领会到那肉眼看不到而心灵却能感受到的事物。

这是美国作家马克·吐温所讲述的一个故事：

在生命的黎明时分，一位仁慈的仙女带着她的篮子跑来，说：

“这些都是礼物。挑一样吧，把其余的留下。小心些，做出明智的抉择；哦，要做出明智的抉择哪！因为，这些礼物当中只有一样是宝贵的。”

礼物有五种：名望，爱情，财富，欢乐，死亡。少年人迫不及待地说：“无需考虑了。”他挑了欢乐。

他踏进社会，寻欢作乐，沉湎其中。可是，每一次欢乐到头来都是短暂、沮丧、虚妄的。它们在行将消逝时嘲笑他。最后，他说：“这些年我都白过了。假如我能重新挑选，我一定会作出明智的抉择。”

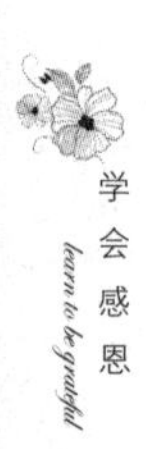

这时，仙女出现了，说：“还剩四样礼物。再挑一次吧；哦，记住，光阴似箭。这些礼物当中只有一样是宝贵的。”

这个男人沉思良久，然后挑选了爱情。他没有觉察到仙女的眼里涌出了泪花。

好多好多年以后，这个男人坐在一间空屋里守着一口棺材。他喃喃自忖道："她们一个个抛下我走了。如今，她——最亲密的，最后一个，躺在这儿了。一阵阵孤寂朝我袭来。为了那个滑头商人——爱情，卖给我的每小时欢娱，我付出了一个小时的悲伤。我从心底里诅咒它呀。"

"重新挑吧，"仙女道，"岁月无疑把你教聪明了。还剩三样礼物。记住，它们当中只有一样是有价值的，小心选择。"

这个男人沉吟良久，然后挑了名望。仙女叹了口气，扬长而去。

好些年过去后，仙女又回来了。她站在那个在暮色中独坐冥想的男人身后。她明白他的心思：

"我名扬全球，有口皆碑。对我来说，虽有一时之喜，但毕竟转瞬即逝！接踵而来的忌妒，诽谤，中伤，嫉恨，迫害，然后便是嘲笑。一切的末了，则是怜悯。它是名望的葬礼。哦，出名的辛酸和悲伤啊！声名卓著时遭人唾骂，声名狼藉时受人轻蔑和怜悯。"

"再挑吧。"这是仙女的声音，"还剩两样礼物。别绝望。从一开始起，便只有一样东西是宝贵的。它还在这儿呢。"

"财富——即是权力！我真瞎了眼呀！"那个男人道，"现在，生命终于变得有价值了。我要挥金如土，大肆炫耀。那些惯于嘲笑和蔑视我的人将匍匐在我脚前的污泥中。我要用他们的忌妒来喂饱我饥饿的心灵。我要享受一切奢华，一切快乐，以及精神上的一切陶醉和肉体上的一切满足。这个肉体人们都视为珍宝。我要买，买！一个庸碌的人间商场所能提供的人生种种虚荣享受。我已经失去了许多时间，在这之前，都作了糊涂的选择。那时我懵然无知，尽挑那些貌似最好的东西。"

短暂的三年过去了。一天，那个男人坐在一间简陋的顶楼里瑟瑟发抖。他很憔悴，脸色苍白，双眼凹陷，衣衫褴褛。他一边咬嚼一块干面包皮，一边嘀咕道：

“为了那种种卑劣的事端和镀金的谎言，我要诅咒人间的一切礼物，以及一切徒有虚名的东西！欢乐，爱情，名望，财富，都只是些暂时的伪装。它们永恒的真相是——痛苦，悲伤，羞辱，贫穷。仙女说得对。她的礼物之中只有一样是宝贵的，只有一样是有价值的。现在我知道，这些东西跟那无价之宝相比是多么可怜卑贱啊！好珍贵、甜蜜、仁厚的礼物呀！沉浸在无梦的永久酣睡之中，折磨肉体的痛苦和咬噬心灵的羞辱、悲伤，便一了百了。给我吧！我倦了；我要安息。”

仙女来了，又带来了四样礼物，独缺死亡。她说：

“我把它给了一个母亲的爱儿—— 一个小孩子。他虽然懵然无知，却信任我，求我代他挑选。你没有要求我替你选择啊。”

“哦，我真惨啊！那么留给我的是什么呢？”

“你只配遭受垂垂暮年的反复无常的侮辱。”

马克·吐温的这个故事告诉我们什么呢？它告诉我们：

生命的恩赐是异常奇妙的。它不仅包括肉眼能够看到的事物，而且还包括我们的肉眼看不到，必须要靠心灵才能感受到的事物。因此，假如说感恩就是一种对生命恩赐的领略的话，那么，为了答谢上苍所给予的永恒的美好和持久的希望，我们所必须具备的，就不仅只是肉眼的世俗浅见，而更需要一种智慧和信念，才能超越流俗，领会到那肉眼看不到而心灵却能感受到的事物。

感恩是一种生活态度

“感恩”不一定要感谢大恩大德，“感恩”可以是一种生活态度，一种善于发现美并欣赏美的道德情操。人生在世，不如意事十有八九。如果我们囿于这种“不如意”，终日惴惴不安，那生活就会索然无趣了。

一直以来，“感恩”在我心中是“感谢恩人”的意思。“恩人”者，乃于自己有大恩大德者。而在美国的一次偶遇却让我悟出了感恩的另一层意味。

那是在洛杉矶的一家旅馆。早晨，我在大堂的餐厅里就餐时，发现自己的右前方有三个黑人孩子，在餐桌上埋头写着什么。在就餐的时间、就餐的地方，这三个孩子却没做与吃饭有关的事。我难以按捺心中的好奇，试探着走了过去。在这些孩子的应允下，我坐在了他们的旁边。看到我这样一个肤色不同的外国人到来，他们没有一丝扭捏，而是落落大方地与我谈了起来。这三个孩子中一个戴眼镜约莫十二三岁的男孩是老大，八九岁的女孩是老二，另外一个五六岁的小男孩是老三。从谈话中我了解到他们和母亲是暂时住在这家酒店里的，因为他们正在搬家，新房还没有安顿好。

当问他们在做什么时，老大回答说正在写感谢信。他一副理所当然的神情让我满脸疑惑。这三个小孩一大早起来写感谢信？我愣了一阵后追问道："写给谁的？""给妈妈。"我心中的疑团一个未解一个又生。"为什么？"我又问道。"我们每天都写，这是我们每日必做的功课。"孩子回答道。哪有每天都写感谢信的？真是不可思议！我凑过去看了一眼他们每人手里的那沓纸。老大在纸上写了八九行字，妹妹写了五六行，小弟弟只写了两三行。再细看其中的内容，却是诸如"路边的野花开得真漂亮"、"昨天吃的比萨饼很香"、"昨天妈妈给我讲了一个很有意思的故事"之类的简单语句。我心头一震。原来他们写给妈妈的感谢信不是专门感谢妈妈给他们帮了多大的忙，而是记录下他们幼小心灵中感觉很幸福的一点一滴。他们还不知道什么叫大恩大德，只知道对于每一件美好的事物都应心存感激。他们感谢母亲辛勤的工作，感谢同伴热心的帮助，感谢兄弟姐妹之间的相互理解……他们对于许多我们认为是理所当然的事都怀有一颗"感恩的心"。

其实，"感恩"不一定要感谢大恩大德，"感恩"可以是一种生活态度，一种善于发现美并欣赏美的道德情操。人生在世，不如意事十有八九。如果我们囿于这种"不如意"，终日惴惴不安，那生活就会索然无趣了。相反，如果我们像这些孩子一样，拥有一颗"感恩"的心，善于发现事物的美好，感受平凡中的美丽，那我们就会以坦荡的心境、开阔的胸怀来应对生活中的酸甜苦辣，让原本平淡的生活焕发出迷人的光彩！

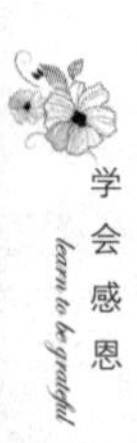

感恩是保持一颗过客的心

人类贵为万物之灵，却不懂得生存就是个几率，每一分钟都可能出现意外；挫折应该是常态，顺利才是例外。

人的生命真是比蜉蝣还短，我们在这个地球上的心态应该像个好客人那样——感激、敬爱你的东家，在你临走时，挥一挥衣袖，不带走一片云彩。

早上，一位教授怒气冲冲地走进教员休息室，原来他平常停车的位置被别人占去了，心里不舒坦。又过了一会儿，他发现茶叶罐空了，但是新买的茶叶却不是他原来喜欢的牌子，他跳起来大声对我说："我今天怎么这么倒霉，事事都不顺心。"

我听了默然。就生物界来说，生存是个概率，每一分钟都可能出现意外；挫折应该是常态，顺利才是例外。

每只动物早上出去觅食时，都没有把握自己今天是否可以平安回到自己的窝中，因为，一旦离开温暖的巢穴，生死就在一线之间，一不小心，自己就会成为别人的晚餐。

在加州大学读书时，我曾去沙漠中捕捉一种像袋鼠一样前脚短、后脚长的跳鼠，研究它们的食物热量与体重之间的关系。我们捉住它后，将它下腭嗉囊中的食物掏出来，分类并计算它的卡路里。结果发现：如果这些跳鼠找到的是种子类的、蛋白质高的食物，它的嗉囊就不会塞得很满；但是假如它找到的是草类的、热量较低的食物时，它的嗉囊就会撑得很大——因为要塞上满满一囊，才够它一天的消耗。它们绝对不会吃饱了在外面玩耍，它们甚至不敢在外面吃，而是先全部塞到嗉囊中，待回到安全的地方才敢慢慢享用。

这种动物身体很小，不及我的手掌大。它的脑应该也只有黄豆般大小，但是它就知道生命充满了挑战和变量，活过一天就是多赢了一天。

人类贵为万物之灵，却不懂对生命感恩，到处都是对现实不满的暴戾之气，完全忘了自己只是一个过客，只在这个 46 亿年之久的星球上，占用极其微小的一点时间，享用它的资源罢了。

人的生命真是比蜉蝣还短，我们在这个地球上的心态应该像个好客人那样——感激、敬爱你的东家，在你临走时，挥一挥衣袖，不带走一片云彩。

感恩是一种生存境界

一种自然流露出来的恻隐之心，一种自然流淌的感恩精神，一种宁静祥和的生活氛围，它们一起交织成了一幅朴素纯美的画，一种真纯自然、清净幸福的生存境界。

曾记得有一个小故事，发生在二次大战时期，当时有一位美国军人由战地凯旋，许多乡亲以英雄式的场面来欢迎他。在欢迎会上，他的好友问他："你在战场上这么多年，常常驾驶飞机出生入死，一定经历了很多难忘的事吧？"他想了想说："是啊，确实有一件事让我终身难忘。"大家都安静了下来，想听听他惊心动魄的战地传奇究竟怎样。

他说：有一天放假时，我想到巴黎去逛逛，上车以后，我看到一位老妇人，她穿着破旧的衣服，有点驼背；脸色黄黄的，行动有些不便……我看到她带着很重的行李要下车，突然觉得不忍心，于是走过去，轻声细语地向老妇人说："老奶奶，我帮你提行李吧。"老妇人很感谢他。然后这位士兵又说："老奶奶，我陪你走回家。"他就一路帮老奶奶提着行李，走了很长的路才到达老奶奶乡下的家。老奶奶的家一看就知道是清寒家庭，不过，一进入那个乡村，就能感受到一股祥和的气氛。尽管村民们都埋头工作，但是一看到老奶奶回来，都自然地站起来，对老奶奶挥手，打招呼说："老奶奶回来了。"不管年纪大小，都露出开怀的笑容。

那位士兵看到乡村的祥和生活，不禁想起，自己每天必须驾着飞机投掷炸弹，不知已伤害了多少生命，破坏了多少建筑。从紧张激烈的战场，突然进入祥和的小村庄，强烈的对比，让他终身难忘。

当他把老奶奶的东西放好要离开时，老奶奶诚恳地拉着他的手说："我一定要请你喝杯咖啡。"然后，带着他到村里的一家小咖啡店。那是一家很小的店，店里的人看到老奶奶带着一位士兵，都围着她。老奶奶说："你们知道吗？刚才要下车时，就是这位年轻人帮我把行李拿下来，好心地帮我一路提回家，让我不必累得气喘吁吁，我得好好儿感谢他。"

大家听了，都欢喜地鼓掌，异口同声地说："我们也感谢你，感谢你帮了老奶奶的忙。"

那位士兵回忆说："当时那种祥和的气氛，真让我终身难忘。"

那位士兵只不过是帮老奶奶提几包行李，整个过程却令他终身难忘。为什么呢？原因就在于：一种自然流露出来的恻隐之心，一种自然流淌的感恩精神，一种宁静祥和的生活氛围，它们一起构成了一幅朴素纯美的画，一种真纯自然、清净幸福的生存境界。这种生存境界离我们的日常生活是多么遥远啊！然而事实上，在我们身边，每天都有类似的情节发生，如果用心，时时都会有终身难忘的温馨体验。

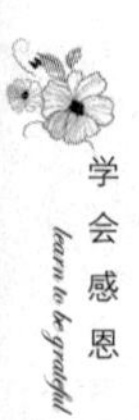

感恩是一种灵魂的洗礼

感恩是一种灵魂的洗礼。如果我们经历过了这样的洗礼，那么，即使是那些灵魂苍白的凡夫俗子，也终将像那些最深刻最博大的灵魂一样，一方面既能充分体验人性之暗昧，另一方面又能充分体验阳光的明朗、温暖和透明。

“为了看看阳光，我来到世上。”巴尔蒙特的这句话，自从我第一次读到它，就几乎一天也没有忘记过。诗人就像一个从来没有受过伤害的人一样，如此诚挚、欣喜、宁静地歌颂并感谢着大地、阳光和人欢马叫、喧腾不息的世界。

普鲁斯特在《追忆逝水年华》中，写到“我”在火车停站时，见到一位卖牛奶的姑娘：“……晨光映红了她的面庞，她的脸比粉红的天空还要鲜艳……有如可以固定在那里的一轮红日，我简直无法将目光从她的面庞上移开……”普鲁斯特对于阳光的敏感与迷恋，给我留下了极为深刻的印象。体验阳光、体验美、体验幸福、体验纯净、体验温馨、体验柔情、体验思念和怀想，并体验对它们的感激，这样的精神生活，这样的心理空间，实在太有魅力。即使是受尽心理折磨的尼采，到了晚年还依然怀恋着年轻时代“那些充满信任、欢乐，闪烁着崇高的思想异彩的时光，那些最深沉的幸福时光”。那些最深刻最博大的灵魂，几乎都是既能充分体验人性之暗昧，又能充分体验阳光的明朗和温暖的人。

然而我们这些凡夫俗子，一生并未经历过什么沧桑，也没有遭遇到什么重大的曲折，却世故得仿佛早已伤痕累累，冷漠、迟钝，再也体会不到人世间的美丽温馨，再也感受不到阳光的温暖与透明，更别说对此表示感激。对于这样的人来讲，如果说他们曾体验过什么人性之暗昧的话，那么，他们所欠缺的，就是尚未经历一种由黑暗而光明、由痛苦而幸福的漫长的灵魂洗礼。

许多人不明白这个道理。他们活在这个世上，只知一味地抱怨生活，抱怨人生，并沉溺其中，决不反省。这个世界对他们来说，好像永远没有快乐的事情，心中记住的经常是不顺心不公平不快乐的事，把自己弄得很烦躁，把亲人和朋友弄得不安心。他们就是不会转念一想，就是不会用感恩的态度看待身边的一切。其实，何不把这些不顺心的事一笑置之呢？何不心存感恩地活着，去体验阳光、体验美、体验幸福、体验纯净、体验温馨、体验柔情、体验思念和怀想呢？如果我们在生活中失去了一些什么，我们应该想到，只要我们活着，就会有创造一切的机会；如果我们不懂得享受我们现在拥有的，那么，我们很难获得更多的东西。如果我们不知道感恩地活着，即使我们得到我们想要的，我们也不会享受到真正的乐趣。

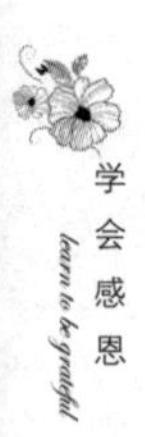

感恩是一种灵魂的洗礼。如果我们经历过了这样的洗礼，那么，我们就能明白，目前我们所拥有的，不论是顺境还是逆境，都是生活对我们最好的安排。若能如此，我们就能在顺境中体验幸福，继续发展自己的事业；在逆境中依旧心存快乐，磨炼自己的意志。

感恩也是一种处世哲学，是生活中的大智慧。人生在世，什么事都可以遇到，不可能没有挫折、没有伤害、没有灾难、没有突变，种种失败、无奈都需要我们勇敢地面对、豁达地处理，不要让面临的境遇打垮自己。如果你只是一味地埋怨生活，埋怨人生，从此自己变得消沉、委靡不振，怎么可能像诗人那样以一颗单纯的心去领会生活所给予你的一切呢？英国作家萨克雷说：“生活就是一面镜子，你笑，它也笑；你哭，它也哭。”感恩不是一种心理安慰，也不是对现实的逃避，更不是阿Q的精神胜利法。感恩是一种歌唱生活的方式，它来自对生活的纯净的爱与透明的希冀。

感恩是对有限生命的珍惜

假若世界上的花朵没有“有效期限”，我们想什么时候拥有就可以在什么时候拥有，我们对花的那份期待、感恩就会大打折扣。因此，美好事物的短暂教会了我们珍惜，我们唯一能改变的，只是为美好的延长作出不懈的努力。

台湾漫画家几米创作了一幅题为《有效期限》的漫画，画的中心是一片浅绿的水，上部有一些叶片粗大开满了紫花的藤儿，中间偏下是两块大石头，大石头上坐着一大一小两个人，小石头上蹲着一只好奇的小青蛙。左下角一只小纸船正悄然无声地驶来，朦朦胧胧的影子倒映在水里，显得那样圣洁、富有诗意而又孤寂、无助。旁边的诗云：“一艘小纸船，悠悠地漂过来，吸饱水分，渐渐沉没。世界上所有的美好，都有有效期限。”

看到漫画的一瞬，我的心像是被什么刺了一下。“世界上所有的美好，都有有效期限”，这句话充满了太多生活的哲理和禅意。

我们常常忽略：美好的事物永远都有“有效期限”。

事业有“有效期限”。无论我们干出的事业多么辉煌伟大，它对他人的影响都会受到种种制约，后人不可能完全依照我们的经验、想法行事；

同时一个人可以干事业的年龄有限，过一村少一村，经一店少一店。

亲情有“有效期限”。父母可以陪伴你的上半生，却无法呵护你的下半生；儿女能够陪伴你的下半生，却不能参与你的上半生……你无法在所有的时空里称心如意地拥有你想要的全部天伦之乐，就像一只鸟无法在每一个季节都拥有自己优美的歌喉。

人生的“有效期限”实在数不胜数。朋友多如“过客”，来去匆匆，相忘于江湖，有“有效期限”；梦想此一时彼一时，实现了一个梦想，驱逐了一个茫然，新的梦想和茫然紧接着又随之而至，有“有效期限”；金钱让我们锦衣玉食，我们所花费的金钱很多，我们从中得到的快乐却一天比一天减少，有“有效期限”……世间万物的“有效期限”贯穿我们生命的全过程，充塞着我们心灵的每一个角落，我们的生命有“有效期限”。

然而我们不得不感谢生命的“有效期限”。

美好事物的短暂教会了我们珍惜。我们热爱梅花，是因为它独独袒露在冬日；我们喜欢菊花，因为它只是微笑在秋天。假若世界上的花朵没有“有效期限”，我们想什么时候拥有就可以在什么时候拥有，我们对花的那份期待、感恩就会大打折扣。

事物的“有效期限”也激发着我们的进取精神。一切都是有时间限制的，一切都可能有来不及的时候，我们自然也就想到了要在生命的有效期限内成就自己向往的事业，付出自己积蓄的情感。生活已经向我们昭示了一个真理：越是害怕时间消失的人，他们的脚步走得越远，生命的半径越大；越是觉得时间过剩的人，他们的脚步越是容易被心灵的木条框定，拥有的世界越小。

“世界上所有的美好，都有有效期限”，这是大自然不可移易的规律，这种规律不会因为你获得的职务的高低、名气的大小、财产的多寡而有所改变，我们能够做的只是让这种美好保持得长一些，再长一些。只要为美好的延长作出了不懈的努力，我们的生命就是有价值的，就表明我们已学会了尊重、珍惜并感激我们生命中的“有效期限”。

感恩是对现在拥有的在意

有意或无意地忽略你身边所拥有的一切，似乎是人类共同的弱点。因为人们总是有理由使自己相信，远方的远方肯定比这里更精彩，外面的世界有这里见不到的新鲜玩意儿。然而当你真正游历了远方，你或许会发现，原来你已经拥有的，才是这世上最独特最珍贵的东西，只是因为你已经拥有了，所以不珍惜。

一位朋友去东南亚旅游，回来后整个人都变了样，天天都与一位马来西亚华裔导游小姐煲电话粥，他对这种电话恋情倾注了全部的心力。

他的妻子在一次诉苦中，不甘心地问我：“我和他 15 年甘苦与共的婚姻，难道就比不上他与一个陌生女子 15 天的相处？”

旅途中，一个陌生人递给你一杯水，你会感动很久。可父母 20 多年的嘘寒问暖，你却往往认为是唠叨。想想，这一切真的很不公平。

一位退休教师曾有点伤感地告诉我，他做了 3 年班主任，没有一次在教师节收到学生的贺卡。可后来有个实习老师只待了一个月，却轻易获得了众同学的心，又是鲜花又是礼物，离开时还十八相送，个个哭成泪人似的。这位头发花白的老师，对此很是感慨，他摇摇头苦笑着，我看到他眼里有一些无奈的泪光。

有意或无意地忽略你身边所拥有的一切，似乎是人类共同的弱点。因为人们总是有理由使自己相信，远方的远方肯定比这里更精彩，外面的世界有这里见不到的新鲜玩意儿。然而当你真正游历了远方，你或许会发现，原来你已经拥有的，才是这世上最独特最珍贵的东西，只是因为你已经拥有了，所以不珍惜。

一同事案头上有一盆无名的花，一年来总是不间断地开着紫红色的小花，因为不知其名，她就称它为“小贱人”，因为它总是毫不厌倦地为主人绽放。而另一盆兰花，却迟迟不见花期，甚至还几次濒临枯死。于是，同事就赐它为“格格”，每次谈及它时总是满脸怜爱。

我很同情那盆“小贱人”，后来剪了一枝插在我家的花盆里，它仍然无私地开着紫红小花，它不香，只有永远不退的热情。

其实，每次我躬身接近它的时候，不是为了嗅香，更多的只是一种感激，就好像对待无香的阳光一样，沐浴其中，就是我最高的礼赞。

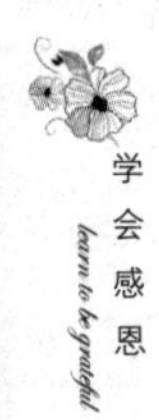

感恩是永远对自己得到的心怀感激

生活中许多愿意帮助他人的人，并不是不愿意提供一只救生筏。假如他们能找到一个救生圈，为什么要给她稻草呢?

因此，我希望每一个得到过帮助的人都能懂得感激，感激生活中的每一根稻草，因为正是这些微不足道的稻草让我们在人生的冬季感受到了温暖。我们怎么能因为它的微小就忘了呢?

很早的时候听过一句话，大概是这么说的："一个人要学会感恩，才能真正快乐。"很长时间我都不明白，难道"感恩"很难学吗? 比微积分量子力学线性代数还难学吗? 直到最近，我遇到一件具体的事，这才恍然大悟，不禁由衷感叹——"感恩"真的是一门艰深的课程!

事情的起因是这样的：

我有两个朋友，朋友甲和朋友乙。一日，朋友甲忽然发现自己得了一种很严重的病，需要大笔治疗费，而不巧的是她刚刚用按揭的方式买了一套房子，这意味着她手里不但现金紧张，而且还可能面临还贷以及失去工作所带来的一系列压力，唯一可行的办法是将她的这套房子以高价租出去。这个时候，我的朋友乙听说此事，立刻决定拔刀相助，谈妥月租金 4000 元，这笔钱刚好可以付按揭、供暖以及物业管理费等等，算是解了朋友甲的燃眉之急。

当第一个月的租金送到朋友甲的手中，她感动得不得了，我在她的眼中看到了感恩的光芒，可遗憾的是，不久这光芒就被乌云遮住了。

一次偶然闲聊，朋友甲听说朋友乙将她的房子用做“北漂宿舍”，每间屋子里都塞满了双人床，大约住了将近30个人。朋友甲不高兴了，让我去找朋友乙，朋友乙很仗义地说，这样吧，以后每个月我再给她加1000元，如何?

朋友甲同意了。数月以后，朋友甲身体康复，于是收房，这才发现房间里不仅到处是双人床，而且墙上钉满了钉子，浴室的门坏了，橱柜的拉手掉了，阳台上饶有情趣的秋千架成为一堆垃圾……更让她不愉快的是，所有的床上铺的全是她的床单，而且肯定几个月没有清洗过，脏兮兮的，有几个女孩子还戴着她的发卡，她甚至怀疑她们一定打开过她的衣柜……

朋友甲再次找到我，要我出面让朋友乙赔偿。她说她是出于对朋友的信任，所以没有把自己的私人物品收藏起来，但是她没有想到朋友乙辜负了她的信任。实际上，我心里最清楚，她当时根本没有时间和精力去把房子收拾出来。我劝她，毕竟在她最困难的时候，是人家朋友乙伸出了援助之手。但我亲爱的朋友甲则申辩说：他那叫帮助吗？那叫趁火打劫。他来回一倒手，赚了多少？最后倒霉的是我的房子！到底谁应该感激谁?

到底谁应该感激谁?

这个问题真的把我问住了。我想了一整天，最后我居然想到了“感恩”这个词——“感恩”真的是一门要花心思学的课程，否则就会像我一样，忙得晕头转向，还不知道谁欠了谁！也许是我们在商业社会生活久了，早就习惯一事当前，立刻把投入与产出算得清清楚楚明明白白。这并没有什么不好，但这样的习惯方式使我们很难再享受到“感恩”之于生活的种种快乐。因为，“感恩”的基本前提就是“不计得失”。人在生活中，总是有得有失的，而懂得感恩的人之所以快乐，并不是因为他们总是得多于失，而是因为他们根本不去算计自己失去的部分，而永远对自己得到的心怀感激。

我觉得我的朋友甲之所以不快乐，就是因为她总是在心里盘算她所得到的帮助与她所遭受的损失相比，哪个更多。而她没有想到，房子坏了是可以修补的；钱没了还可以再赚回来，但是朋友如果丢了，就很难再找回来了。我真的希望她能想一想，在她最绝望最困难的时候，是谁帮助了她？这种帮助是可以用钱买来的吗？那个时候她就是一根稻草都要捞，为什么现在上了岸，倒要对当初的稻草挑三拣四，责怪那根稻草为什么不是一只救生筏？

我真的希望她能明白一个道理，生活中许多像我这样愿意帮助她的人，并不是不愿意提供一只救生筏，假如我能找到一个救生圈，为什么要给她稻草呢？

我多么希望她能懂得感激，感激生活中的每一根稻草，因为正是这些微不足道的稻草让她在人生的冬季感受到了温暖。她怎么能忘了呢？我想，假如她能对所有的稻草都心存一份感激的话，相信她一定会快乐起来的。

感恩之心是成功的第一步

成功学家安东尼指出：成功的第一步就是先存有一颗感激之心，时时对自己的现状心存感激，同时也要对别人为你所做的一切怀有敬意和感激之情。如果你接受了别人的恩惠，不管是礼物、忠告或帮忙，而你也够聪明的话，就应该抽出时间，向对方表达谢意。

成功学家安东尼指出：成功的第一步就是先存有一颗感激之心，时时对自己的现状心存感激，同时也要对别人为你所做的一切怀有敬意和感激之情。如果你接受了别人的恩惠，不管是礼物、忠告或帮忙，而你也够聪明的话，就应该抽出时间，向对方表达谢意。

“领袖的责任之一便是感谢。”那些当选的领导人，总是要抽出一些时间去答谢曾经支持和帮助过他们的人和组织，如果不这样，他便不可能得到继续的乃至更多的支持。过河拆桥的人是走不远的。

无数的事实证明，及时回报他人的善意且不嫉妒他人的成功，这不仅会赢得必要而有力的支持，而且还可以避免陷入不必要的麻烦。嫉妒别人不仅难以使自己“见贤思齐”、虚心向善，而且也会影响自己的心情和外在形象，更主要的，这会使自己失去盟友和潜在的机遇，甚至还会树立强敌——因为一般说来，被别人嫉妒的人应该不会是弱者，以“一

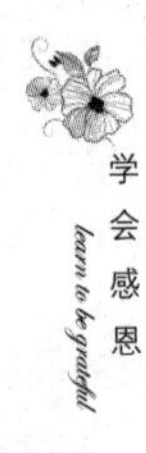

报还一报”的心理，他也不会对你太客气。

你怎样对待别人，别人就会怎样对待你。

一个过路人到加油站问路，并打探前边镇子的人怎样。加油站职员反问他从前住的镇子的人怎样，过路人回答“糟透了”。职员于是说：“我们这个镇的人也一样。”随后，第二个人驾车来到这里，并问相同的问题，当驾车人回答说他原来镇上的人很友好时，职员说：“你会发现我们这个镇上的人和他们完全一样。”

人际关系就是善意关系。人是三分理智、七分感情的动物。士为知己者死，从业者可以为认可自己存在价值的上司鞠躬尽瘁。“给予就会被给予，剥夺就会被剥夺。信任就会被信任，怀疑就会被怀疑。爱就会被爱，恨就会被恨。”

行为孕育行为。你对我友善，我对你也友善；如果你不友好，我也不可能友好地对待你——这就是心理学的互惠关系定律。

如果你拥有对别人有用的信息而不与别人交流，那么你会发现一些有趣的事情，即别人拥有对你有用的信息也没有告诉你。

帮助别人也就是帮助自己。爱默生说过：人生最美丽的补偿之一，就是人们真诚地帮助别人之后，会发现同时也帮助了自己。伸出你的手去援助别人，而不是伸出你的脚去绊倒他们。一个与人为善、一心做事的人，也许会流一些血，但胜利最终是会属于他的。

感激冤家和对手

生活中出现几个冤家对手、一些压力或一些磨难，的确不是坏事。有时，一个“冤家”或“对手”的存在，可以让我们随时处在一个“竞争氛围”中，使你能更及时更深刻地发现自己的不足，从而使自己更趋完善，达到意想不到的效果。在此种意义上讲，我们为何不由衷地感激我们的“冤家”或“对手”呢？

1996 年“世界爱鸟日”这一天，芬兰维多利亚国家公园应广大市民的要求，放飞了一只在笼子里关了 4 年的秃鹰。事过三日，当那些爱鸟者们还在为自己的善举津津乐道时，一位游客在距公园不远处的一片小树林里发现了这只秃鹰的尸体。解剖发现，这只秃鹰死于饥饿。

秃鹰本来是一种十分凶悍的鸟，甚至可与美洲豹争食。然而由于它在笼子里关得太久，远离天敌，结果失去了生存能力。

无独有偶。一位动物学家在考察生活在非洲奥兰治河两岸的动物时，注意到河东岸和河西岸的羚羊大不一样，前者繁殖能力比后者更强，而且奔跑的速度比后者每分钟要快 13 米。

他感到十分奇怪，既然环境和食物都相同，何以差别如此之大呢？为了能解开其中之谜，动物学家和当地动物保护协会进行了一项实验：

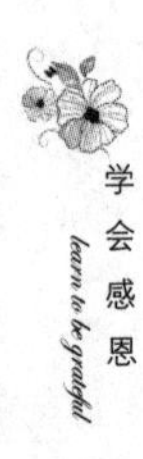

在河两岸分别捉 10 只羚羊送到对岸生活。结果送到西岸的羚羊发展到 14 只，而送到东岸的羚羊只剩下了 3 只，另外 7 只被狼吃掉了。

谜底终于被揭开，原来东岸的羚羊之所以身体强健，只因为它们附近居住着一个狼群，这使羚羊天天处在一个“竞争氛围”中。为了生存下去，它们变得越来越有“战斗力”。而西岸的羚羊长得弱不禁风，恰恰就是因为缺少天敌，以致缺乏生存能力。

生活中有各种各样的笼子，不少人的处境和那只笼子里的秃鹰差不多。虽然它能让人暂时乐而忘忧，流连忘返，但毕竟是笼子。可以设想，最后的结局会和那只秃鹰没有什么两样。

生活中出现几个冤家对手、一些压力或一些磨难，的确不是坏事。一份研究资料说，一年中不患一次感冒的人，得癌症的概率是经常患感冒者的 6 倍。至于俗语“蚌病生珠”，则更说明问题。一粒沙子嵌入蚌的体内后，它将分泌出一种物质来疗伤，时间长了，便会逐渐形成一颗晶莹的珍珠。而假如人们具有了这样的智慧，并善用这样的道理，何愁生活中没有珍珠呢？下面这个故事就是一个很好的实例。

海湾战争之后，美军方提出了战争状态下士兵的“生存能力”比“作战能力”更为重要的全新理念。于是，在这种全新理念的指导下，一种被称之为“艾布拉姆”式的 M1A2 型坦克开始陆续装备美陆军。这种坦克的防护装甲目前是世界上最坚固的，它可以承受时速超过 4500 公里、单位破坏力超过 1.35 万公斤的打击力量，而这种力量被美武器专家形容为“可以轻易地将一只棒球送上月球”。那么，M1A2 型坦克这种品质优异的防护装甲是如何研制出来的呢？

乔治・巴顿中校是美国陆军最优秀的坦克防护装甲专家之一，他接受研制 M1A2 型坦克装甲的任务后，立即找来了一位“冤家”和“对手”来做搭档——毕业于麻省理工学院的著名破坏力专家迈克·马茨工程师。两人各带一个研究小组开始工作，所不同的是，巴顿带的是研制小组，负责研制防护装甲；迈克·马茨带的则是破坏小组，专门负责摧毁巴顿已研制出来的防护装甲。

刚开始的时候，马茨总是轻而易举地将巴顿研制的新型装甲炸个稀巴烂，但随着时间的推移，巴顿一次次地更换材料、修改设计方案，终于有一天，马茨使尽浑身解数也未能奏效。于是，世界上最坚固的坦克在这种近乎疯狂的“破坏”与“反破坏”试验中诞生了，巴顿与马茨这两个技术上的“冤家”也因此而同时荣获紫心勋章的殊荣。

巴顿中校事后说：“事实上，问题是不可怕的，可怕的是不知道问题出在哪里。于是，我们英明地决定‘请’马茨做欢喜冤家，尽可能地激将他帮我们找到问题，从而更好地解决问题，这方面他真是很棒，帮了我们大忙。”

是啊，有时，选择一个“冤家”或“对手”做搭档，正是为了让自己随时处在一个“竞争氛围”中，使你能更及时更深刻地发现自己的不足，从而使自己更趋完善，达到意想不到的效果。在此种意义上讲，我们为何不由衷地感激我们的“冤家”或“对手”呢?

感恩的心让我们谦卑

在我慢慢学习感恩的时候，我发现我那颗粗重的心开始变得精细了，我开始对美有感知和欣赏了，长时间地去欣赏一座山，一片云，一棵树，一朵花，一段音乐，当我学会对美的欣赏的时候，我就学会了与自然真诚地交流，感知到了敬畏生命的意义。

尽管感恩的生活有如许“好处”，然而，要过感恩的生活却实在不容易。感恩的生活需要学习，而且是最高境界的学习。这种学习所获得的生命体验，是任何职业性的技术训练都无法媲美的。

下面这个故事就是一个绝佳的例证：

在我的职业生涯中，曾参加过许多关于销售和领导能力等方面的训练，虽然这些技能在“术”的方面对我有很大的帮助，但直到我开始学习过感恩的生活，我的生命才真正有了一个新的起点，我的心胸才慢慢开阔，所学的技能也有了生命力。

当我走下飞机，第一眼看到西藏的天空时，立刻有一种奇异的震撼深深地攫住了我的心，清澈的蓝天，洁白的云彩，我感觉心开始变得柔软，柔软得让人流泪。多少年来，一向以刚硬著称的我敏感地发现了自己内心细微的变化，泪水在眼角转动。在那一刻我仿佛找到了长期以来困扰自己的问题的答案以及来西藏的理由。

在西藏的日子里，在朋友的要求下，我过上了一种与以往完全不同的生活——我有机会与西藏彩泉残疾人福利学校的孩子们生活在一起。在这里，生活在现代都市里须臾不可离的手机和永远保持一定数额的银行卡都失去了价值，我要做的是和福利学校的这些孩子们一起捡垃圾。让我没想到的是这些看上去脏兮兮且有残障的孩子，给我心灵上的启迪帮助非常大，正是在他们身上我发现了我小时候拥有、长大以后慢慢丢失的东西——感恩的心。

原本这些孩子不做任何事都是有一口饭吃的，但是他们每天都去捡垃圾——他们要自食其力。我和他们一起去捡垃圾，尘土飞扬时，我那颗心一下子给搅动起来了，好多念头不断涌进脑海："我为什么做这种事情？""这值得吗？"当我随着这些念头飘来荡去的时候，孩子们那欢乐的歌声和笑声把我拉了回来，我看到孩子们已与垃圾融为一体，他们在捡垃圾时，是那样全身心地投入。中午吃饭时我已饿得不行，端起饭找个角落就开始狼吞虎咽。奇怪的是，当孩子们盛好饭后，都静静地坐着，一会儿，孩子们把饭举过头顶，念着什么，神情是那么的专注和庄严。我带着好奇去问，原来他们在感恩。我的心被折服了，这些看上去又脏又有残障的孩子，竟过着一种感恩的生活！他们的心灵是健康的，他们的内心没有任何阴霾，眼光的灿烂远远超过了我们这些自以为是的成年人。与这些孩子们在一起，我发现他们给予和接受时都很用心，他们总是很感激地接受别人的帮助，同时也很自然地给予他们的爱，和我经常

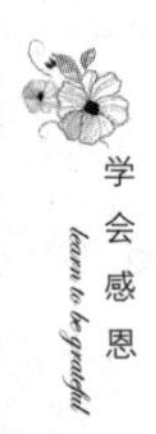

理直气壮、不感恩、不领情形成了很大的反差。

记得有一次我生病了，孩子们知道了，一早他们就挤到我的房间里。看看他们的眼睛，就知道他们多么牵挂我的病，几个六七岁的孩子，还流着鼻涕，争着为我洗衣服。我想起了生活在赛车和电视世界里的儿子，他不缺乏玩具和食物，但不知怎样体会来自别人的爱，又怎样去给予，好像一切都是理所应当的。但孩子没错，这一切都是我的问题，我没有去实践感恩的生活，也没有让他体验到什么是最珍贵的。想一想我有这么好的身体，受过这么好的教育，享受这么优裕的物质生活，我感激过谁呢？我又真心帮助过谁呢？

我就要离开西藏了，孩子们聚在我这儿，他们不说什么，但是我分明感觉到浓浓的依恋，其中一个孩子说："郑大哥，你要走了，这是我自己画的画，送给你的，祝你吉祥如意。"那孩子递过来的画是画在一张又脏又破的纸上的，但他没有丝毫的难为情，只是很真诚地望着我。我再次被感动了，这些孩子，这些可爱的孩子，他们没有在那种复杂的人际关系中滋生出来的价值观，内心有的是离我们已经很遥远的"千里送鹅毛"的纯净。

有人说："阳光只能照亮成年人的眼睛，却能穿透孩子的心。"我很怀念和这些孩子们在一起的生活，因为和他们在一起，阳光也穿透了我的心！

感恩的心像一把打开记忆的钥匙，我想起了在那个困难的年代，每年春节都给我送新鞋的邻居，我想起了最初给我信心的小学老师，想起了每天早晨目送我上学的妈妈……我试着做一个新的资产负债表：帮助过我的人实在太多，而我帮助过的人却寥寥无几。这几年我的心中只装着自己，心胸也就这么大了。

2000 年的春节，我决定过一个感恩的春节。20 多年来第一次踏踏实实地在家里生活了 20 天，向父母介绍了我走过的路，也真正像一个孩子一样，倾听父母的心声。领着孩子去看邻居，告诉他我小时候的故事，以及这些爷爷奶奶对我的帮助。我有 15 年没见到小学的刘老师了，老师 75 岁了，她告诉我，她至今还有像开学时点名那样的习惯，虽然早已退休，每年开学时和春节还是把老照片都找出来，一一点名报到。我们是在充满爱的环境中成长，现在我也到了父母和老师的年纪，我能否给孩子也创造一个爱的环境呢?

在我慢慢学习感恩的时候，我发现我那颗粗重的心开始变得精细了，我开始对美有感知和欣赏了，长时间地去欣赏一座山，一片云，一棵树，一朵花，一段音乐，当我学会对美的欣赏的时候，我就学会了与自然真诚地交流，感知到了敬畏生命的意义。要知道以前生活在对感官的沉迷之中，酒色财气一大堆，满脑子人我是非，哪还有时间和心情去欣赏呢?在与自然的交流中，我才发现我们的时代是多么的怀旧。照亮先人们的太阳，依然照亮我们；给先人们启示的高山，依然那样庄严。我们完全可以与自然保持一种原始而真实的联系，去体验生命真实的洪流，这样我们才会从对物质的偏执中解放出来，才会从生存的恐惧中解放出来。

感恩的心，让我变得谦卑起来，在学习欣赏自然的同时，也开启了欣赏人的眼睛，互相信任从欣赏开始。当我能设身处地地读懂人们行为后面的那颗心，读懂人们对成长和理解的需要，读懂人们的梦想和恐惧，就能欣赏心灵的美和感知它展示出来的巨大能量了。

是对赐予我们生命的人的牵挂

趁双亲还健在

我要对所有那些爸爸妈妈都还活着的人们说：趁他们还健在时，去爱他们吧，说出对他们的爱吧！一定！这是因为，明天或许就晚了，到那时，那些没有说出口的感激的话语、爱的话语将如鲠在喉，使你感到沉重和痛苦，无法解脱！

曾读到过这样一个故事，既让人心酸又让人掩卷沉思：

旧金山的约翰给在纽约工作的儿子戴维打电话。

“我也不想让你感到难受，但是我不得不告诉你这个坏消息——我和你母亲已同意离婚，45 年的煎熬我们受够了。”约翰的话音中有一些失落感。

“老天！你在说什么呀？老爸！”戴维大吃一惊。

“这也是没有办法的事，我们现在甚至连看一眼对方都不愿意，”约翰叹了口气，接着道，“我们彼此讨厌对方，我也讨厌再提这事，苏珊那边就由你告诉她吧。”说完，约翰便挂断了电话。

戴维马上给芝加哥的妹妹打电话：“苏珊，你一定要冷静，听着，老爸老妈想离婚，怎么办？”

“什么？？！！上帝！我们得回去阻止他们！”苏珊在电话那边尖叫。

挂断哥哥的电话后，苏珊立刻拨通了家里的电话，是约翰接的电话。

“你们不许谈离婚！不许乱来！一切都要等我和戴维回来再作打算，我们明天就到，到时再作打算，千万不要冲动！听见没有？”苏珊一口气嚷嚷完就挂了电话。

约翰放下电话后，转身对妻子说道：“好了，他们能回来过感恩节了，但圣诞节我们怎么说？”

为了让儿女们回家过一个感恩节，做父母的竟然要采取如此“欺骗”的伎俩，对于长大了就远走高飞或长期在外工作的儿女来讲，我们该作何感想呢？我们体会过父母的期待吗？父母在赐予了我们生命并付出一生的辛劳将我们抚育成人之后，他们对我们的期望却是如此的小，做儿女的是否以各种各样的理由，而忽略了他们的存在或期待呢？我们是否忘记了对父母应该有一种最深的牵挂、一颗最彻底的感恩之心？我们是否一次又一次地心存侥幸，反正父母们活得还很好，对他们的感恩不用太着急！

然而，即使我们对父母的感恩来得及，我们是否想过父母们能等得及呢？假如有一天，父母们因为终于等不及而撒手而去，我们是否会因为我们的慵懒而充满无尽的懊悔呢？有一位作家就这样忏悔说：

我不曾问过自己，我为什么爱戴并继续爱着我的双亲，尽管他们早就与世长辞。但是，我要说，在他们仙逝之后，我反而对他们爱得更深远。这是为什么呢？

首先，直到现在，在我成熟以后，我才真正认识到他们是怎样一些人，他们都为我做了些什么。他们为了我往往不顾自己，甘愿牺牲。

在我父亲卧床不起、病入膏肓时，为了让我去上学，他决定卖掉一块葡萄园和一头公牛——实际上是家里唯一的一头公牛。虽然他本身需要扶持，需要为自己的病痛买些补品，但即使在这种情况下，他仍然没有为自己着想而是为我操心。他用被子蒙住浮肿的双腿，装出一副健康的样子，舍不得花掉用来看病买药的“保命钱”，以这种方式缩短了自己所剩无几的寿命。

他为我卖掉了葡萄园和公牛，我却没有说一声“谢谢”。现在，没有说出口的这声“谢谢”使我越发感到沉重和悲哀，因为我父亲永远也不会听见这句“谢谢”了！

直到中学毕业，我才意识到父亲为我所做的一切，对他充满感激和惋惜之情。因此，我下定决心，只要拿到我挣来的第一笔钱，我就给他买些苹果。因为他需要这样的营养品，而在我家居住的巴尔干山村是买不到苹果的。我今天推到明天，明天推到后天，终于在一个春日，得知了父亲于夜间逝世的噩耗……直到现在，在我的父亲逝世 20 多年以后，那些未买的苹果依然如鲠在喉。

我同母亲的关系也是如此。她有幸比我父亲活得长久，活到我“找到差事”、盖了新房的时候，她搬来同我一起住在山林里，后来又住进城里——她此时已年迈，身体瘦小，成天蜷缩在乡下人穿的连衣裙里，手掌上布满了终年劳累结下的厚厚的茧子。她盯着我的眼睛，对我沾满树叶的一身的制服流露出不悦的神情，问题出在我很少回家看她。我公务缠身，感觉不到时间的流逝——主要是由于最后一个原因，我未曾同她促膝谈心，让她高兴高兴。我这是因为害羞呢，还是因为难为情?

确确实实，那时的农家生活十分严酷，当父亲的从来不叫母亲的名字，总是直呼“他娘”，没有一丝一毫外露的怜悯和温柔！在这样的环境中长大，我学会了隐藏自己的感情。我爱我的母亲，敬重她，但是，我没有叫过她一声“亲爱的妈妈”或者“好妈妈”……这些没有叫出口的字眼也如鲠在喉，可我现在已经无人可叫了，我想，我是多么愿意高高兴兴地叫她一声啊，但我的母亲再也听不见了。

正因为如此，我要对所有那些爸爸妈妈都还活着的人们说：趁他们还健在时，去爱他们吧，说出对他们的爱吧！一定！这是因为，明天或许就晚了，到那时，那些没有说出口的感激的话语、爱的话语将如鲠在喉，使你感到沉重和痛苦，无法解脱！

如果你想为父母买些苹果，你就赶快出手。如果你想说声“谢谢”，你就马上说出口。因为或许再过一刻，你和你的双亲，将永远失去快乐。

感恩的心

“感恩的心，感谢有你，伴我一生，让我有勇气做我自己……感恩的心，感谢命运，花开花落，我一样会珍惜……”

她就这样站在雨中不停歇地“唱”着，一直到妈妈终于闭上了眼睛……

感激父母，不仅是因为属于父母的时间已经不多；感激父母，更多的是因为父母赐予我们的太多。感恩的心就是一颗牵挂的心，它让我们永远感念父母。

有一首歌就是这么唱的，它让我至今仍感动莫名：

我来自偶然，像一颗尘土，有谁看出我的脆弱。我来自何方，我情归何处，谁在下一刻呼唤我。天地虽宽，这条路却难走，我看遍这人间坎坷辛苦……

这是我几天前刚学会的一首手语歌《感恩的心》。很美的音乐，很美的歌词，却只能用无声的语言来表达它深刻的内涵。我回来以后的第一件事就是从网上下载这首歌，把它存在我的电脑里，一遍一遍地听，一遍一遍地教我的孩子做着手语。我给她讲了一个故事，关于这首歌的由来。

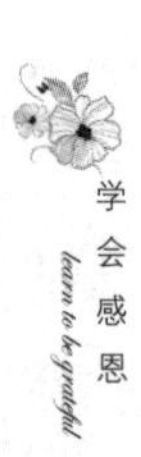

有一个天生失语的小女孩，爸爸在她很小的时候就去世了，她和妈妈相依为命。妈妈每天很早出去工作，很晚才回来。每到日落时分，小女孩就站在家门口，充满期待地望着门前那条路，等妈妈回家。妈妈回来的时候是她一天中最快乐的时刻，因为妈妈每天都要给她带一块年糕回家。在她们贫穷的家里，一块小小的年糕就是无上的美味了啊！

有一天，下着很大的雨，已经过了晚饭时间了，妈妈却还没有回来。小女孩站在家门口望啊望啊，总也等不到妈妈的身影。天，越来越黑，雨，越下越大，小女孩决定顺着妈妈每天回来的路自己去找妈妈。她走啊走啊，走了很远，终于在路边看见了倒在地上的妈妈。她使劲摇着妈妈的身体，妈妈却没有回答她。她以为妈妈太累，睡着了，就把妈妈的头枕在自己的腿上，想让妈妈睡得舒服一点。但是这时她发现，妈妈的眼睛没有闭上！小女孩突然明白：妈妈可能已经死了！她感到恐惧，拉过妈妈的手使劲摇晃，却发现妈妈的手里还紧紧地攥着一块年糕……她拼命地哭着，却发不出一点声音……

雨一直在下，小女孩也不知哭了多久。她知道妈妈再也不会醒来，现在就只剩下她自己。妈妈的眼睛为什么不闭上呢？那是因为不放心她吧？她突然明白了自己该怎样做。于是擦干眼泪，决定用自己的语言来告诉妈妈她一定会好好地活着，让妈妈放心地走……

小女孩就在雨中一遍一遍用手语“唱”着这首《感恩的心》，泪水和雨水混在一起，从她小小的却写满坚强的脸上滑过……“感恩的心，感谢有你，伴我一生，让我有勇气做我自己……感恩的心，感谢命运，花开花落，我一样会珍惜……”她就这样站在雨中不停歇地“唱”着，一直到妈妈的眼睛终于闭上……

我给孩子讲完这个故事，发现她的小脸上已经挂满了泪珠。她真的很伤心，不停地抽泣着。她说小女孩真可怜，她的妈妈真可怜。我不知道她能不能明白这首歌的真正含义，但是相信到某些特定的时刻，她一定会想起这首歌，想起这个小女孩。

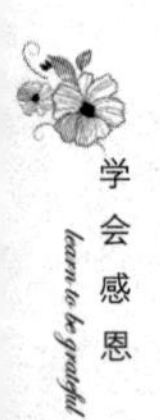

感谢父亲的爱

爱的能力是人生真正的喜悦！肯定有些人真的不能爱任何人，可是在有的人心头，爱是活生生的。

爱之所以是活生生的，是因为许久以前当他知道父亲爱他的时候，爱便在他心里诞生。

就是这样：唯有爱能唤醒爱。而他可以一再地给出这个赠礼……

感激父母没有优先次序，在这里我要先感谢父亲。可我们究竟该感谢父亲什么呢？不同的人会有不同的理由。为此，我想起了作家赛珍珠写过的一篇文章，在那篇文章里，她所表达的见解是非常独特的：

他突然完全醒了。那时是 4 点钟，是他父亲从前每天叫他起来去帮忙挤牛奶的时候。奇怪，年轻时候的习惯怎么会至今还缠着他！他父亲已经去世 30 年了，可是他仍在早上 4 点钟醒来。他曾训练自己翻个身再睡，可是这天早上，因为是圣诞节，他没有试行再睡。不过，如今圣诞的美妙何在？他自己的孩子都已长大离家，只剩下他独自和妻子相依了。昨天她曾说："罗勃，我们明天再装饰圣诞树吧，我累了。"他同意了，因此那棵树还在后门外。

为什么他今夜觉得那么清醒？事实上那时还是黑夜，天际无云，星光灿烂。当然没有月亮，可是星星特别明亮！现在他想起来了，在圣诞节黎明之前，星星似乎总是又大又亮。有一颗星这时绝对比其他任何星星更大更亮。他甚至能想象它在移动，就像很久以前有一个夜里他觉得它似乎在动那样。

那时他 15 岁，仍住在父亲的农场上。他爱他的父亲。他本来并不知道，直到圣诞前几天的一天他无意中听见了父亲对母亲说的话。

“玛丽，我真不愿意每天早上去叫罗勃。长得那么快，需要睡眠。你应该看看我进去叫醒他时他睡得多香！我恨不得我一个人做得了。”

“可是，你做不了的，亚当，”他母亲的声音很干脆，“再说，他也不是小孩子了。是该他做事的时候了。”

“对，”父亲说得很慢，“可是我真不愿意去叫醒他。”

他听到这些话之后，心里这才明白：父亲爱他！以后早上不要再赖在床上不肯起来，不要让人家再催叫了。从此以后他便不再赖在床上，睡意犹浓地在漆黑的房间里踉踉跄跄地穿上衣服，两眼虽仍紧闭着，可是他仍爬起来了。

然后，在他 15 岁那年圣诞前夕，他在床上躺了几分钟，想着第一天。他真恨不得能有份更好的礼物送给父亲，和往年一样，他已到廉价商店去买了一条领带，准备送给父亲。本来这礼物似乎是够好的了，但现在躺着想想，他觉得要是他能早些听到父亲的谈话，让他还来得及攒钱买一样更好的礼物，那该多好。

他侧卧着，用手肘撑着头，望着阁楼窗外。星星很亮，远比他所记得的以前见过的更为灿烂，其中一颗星星尤其明亮，使他不禁心想那会不会真是伯利恒之星。

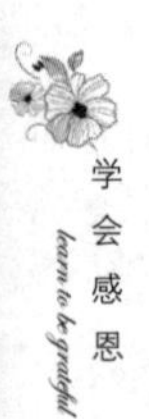

“爹，”他还小的时候有一次问道，“厩是什么？”

“就是牲口棚，”他父亲答道，“像我们家的一样。”

原来耶稣诞生在牲口棚里，牧人和博士都带着圣诞礼物到牲口棚去！

他忽然想到一个主意。何不在外边牲口棚里也给他父亲一件特别的礼物？他可以早点起来，比4点钟还要早就起来，偷偷进入牲口棚，把挤牛奶的工作做好。他将一个人做，一个人挤奶并且收拾干净，然后当他父亲走进来开始挤牛奶时，就会看到一切已经做好，而且会知道是谁干的。

他瞧着星星，对自己笑了起来。他就这么做吧，因此他不可以睡得太熟。

他必定已醒了20次，每次醒来都擦根火柴看他的老表——午夜，然后一点半，然后两点。

差一刻3点时他爬了起来，穿上衣服。他轻步下楼，小心那些会吱吱响的木板，然后开门走出去。那颗大星星低悬在牲口棚上，一围金红。乳牛睡眼惺忪，惊诧地瞧着他。这对它们来说也太早了。

他拿了些干草来喂每只乳牛，然后拿来了挤奶桶和那些大牛奶罐。

他心里想着父亲，满面微笑，不断地挤奶，两条强有力的奶流射入桶里，冒着白沫，发出奶香。这工作比他以前所感到的容易得多，因为这一次挤奶不是苦工，而是别的，是给爱他的父亲的礼物。他挤完，两只大罐子都装得满满的。他把它们盖好，小心地关上奶房的门，谨慎地把门拴好。他把凳子放回门旁，把洗净的奶桶挂好，然后走出牲口棚，插上门闩。

他回到他的房间后，只有一分钟的时间在黑暗中把衣服脱掉并跳上床，因为他听到父亲起来了。他用被蒙着头，掩住他急速的喘息声，不久，门开了。

“罗勃！”他父亲叫道，“儿子，虽然今天是圣诞，可是我们也得起身。”

“知——道了。”他带着睡意说。

“我先出去，”他父亲说，“我先着手开始。”

门关上了，他静躺着，心里在笑。再过几分钟他父亲就会知道了。

每一分钟都好像老过不完似的——10分钟、15分钟，不知道过了多少分钟——他又听见父亲的脚步声。门开了，他静躺着。

“罗勃！”

“是，爹——”

“你这——”他父亲在笑——一种带哭的怪笑。“你以为你能骗倒我，是不是？”父亲站在他床边，用手摸索他，把被掀开了。

“是给您过圣诞的，爹！”

他摸索到父亲，把父亲搂得紧紧的。他感觉到父亲的膀子也搂住了他。天还是黑的，他们看不见彼此的脸。

“儿子，谢谢你。从没有人干过更好的事——”

“哦，爹，我要你知道——”这些字自动从他嘴里迸出。他不知道说什么好，他的心充满了爱。

“好啦，我想我可以回去上床睡觉了，”他父亲过了一会儿说，“不行——那些小的都醒了。现在回想起来，我从来没见过你们这些孩子初见到圣诞树的样子。我总是在牲口棚里。来！”

他再起来穿上衣服，他们一起下楼到圣诞树前，不久太阳便已悄悄

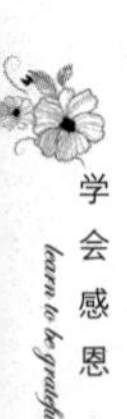

地升到了先前那颗星的地方。啊，多么美好的一个圣诞日，当他父亲把他——罗勃——自己起身干活的事告诉他母亲并且叫那些年纪小的孩子们听时，他的心几乎又一次充满了羞涩和得意。

“儿子，这是我一生所得的最好的圣诞礼物，我每年圣诞日早上都会想起它。”

窗外那颗大星慢慢坠落。他起身下床，穿上拖鞋和浴袍，轻轻上楼梯到阁楼去，找出了那盒圣诞树装饰物。他把它拿到楼下起居室，然后去把树拿进来。那是一棵小树——自从孩子们走了之后，他们不曾有过一棵大树——可是他照样把它放在盆座里，然后，开始仔细把装饰它。很快便弄好了，时间过得和那天早上在牲口棚里同样快。

他走到书房，取出装着送给妻子的圣诞礼物的小盒。那礼物是镶有一颗钻石的星，不大，可是款式雅致。他把礼物系在树上，然后退后站定。它很漂亮，十分漂亮，她会很惊讶。

可是他还是不满意。他要告诉她——告诉她他多么爱她。虽然他以一种特别的方式爱她，远比他们年轻时更爱她，可是他已经好久没有真正告诉过她了。爱的能力是人生真正的喜悦！他相信肯定有些人真的不能爱任何人。可是在他的心头，爱是活生生的，至今仍是如此。

他忽然想到，它之所以是活生生的，是因为许久以前当他知道他父亲爱他的时候，爱便在他心里诞生了。就是这样：唯有爱能唤醒爱。

而他可以一再给出这个礼物，这个幸福的圣诞早上，他将把它送给他的爱妻。他可以把它写在信上，让她看到并永久保存。他走到书桌，开始给他妻子写信：“我最爱的人……”

感激父亲给予的惊喜

这一定就是父亲给我的惊喜吧！他知道冬日的昏暗与凄凉经常会令我的心情抑郁，还有什么比这小花更能适时地带给我一片生机呢？我胸中涌满了一股暖意，不仅是为了自己在这残冬时节能有鲜花相伴，更因为自己有一位如此深知我心的父亲。

父亲的爱是永久的。父亲的爱永远是一种鼓励和鞭策。每当想到这一点，我就觉得，拥有父爱是怎样一种幸福——

那是一个秋日的上午，我与夫君刚刚搬入第一幢属于我们自己的房子。向窗外望去，看到父亲正在前院的草坪上神秘兮兮地忙碌着。我的父母就住在附近，听说我们搬家，父亲经常跑过来帮忙。“你在那里忙什么呢？”我高声问道。

他笑着抬起头来：“我要给你一个惊喜。”我了解父亲，他所制造出的惊喜可谓是千奇百怪。自己经营批发业的他，经常会利用边角废料自制出一些有意思的东西。我小的时候，他仅用几个轮子和滑车就给我们做成了一套体育器材。还有一次我在家里举行万圣节晚会，他做了个南瓜灯，并将其绑在扫帚把上，然后躲在门外的灌木丛里，等客人来敲门时，他就会突然将绑有南瓜灯的扫帚伸到客人面前，把他们吓一大跳。

而那一天我一再追问，父亲却不愿透露详情，也因为我正忙着整理新居，最后就将父亲的惊喜忘到了脑后。

直到隔年的三月初，在一个天色阴沉、浓云密布的日子，我站在窗前望着草坪上仍然散落着的一片片不再洁白的积雪，无奈地想：这严冬为何还迟迟不肯离去呢?

突然我看到在一堆积雪上竟神奇地浮现出一抹粉红，难道是我产生了幻象吗? 我瞪大了眼睛仔细察看，在院子的另一边分明还有一点淡蓝，给沉寂已久的大地增添了生气，我拿起外套急不可待地要跑出去看个究竟。

原来那是一些藏红花，错落地散布在前院的草地上，有藕荷的、淡蓝的、浅黄的和我最喜欢的粉红，娇小的花朵在凛冽的寒风中摇摆。

这一定就是父亲给我的惊喜吧！他知道冬日的昏暗与凄凉经常会令我的心情抑郁，还有什么比这小花更能适时地带给我一片生机呢? 我胸中涌满了一股暖意，不仅是为了自己在这残冬时节能有鲜花相伴，更因为自己有一位如此深知我心的父亲。

此后每年的早春父亲种下的藏红花都会如期开放，而每次藏红花绽放时，就会让我想起父亲常常用以鼓励我的那句话：艰难的日子即将过去，坚持下去，不要气馁，光明就要来临。

也许是因为疏于管理，几年后藏红花开得不如以往那样茂盛了，渐渐地我们的院子里就再也看不到藏红花了。我怀念那有藏红花相伴的日子，但是那一段我特别忙碌，加上我对园艺又一窍不通，想叫父亲来再重新种一些球茎，但每日被生活的琐事与工作的繁杂所困，最终还是将这件事放在了一边。

几年之后父亲突然去世，全家人沉痛万分，依赖于坚强的信念，我们才能面对这突如其来的打击。虽然我知道父亲依然会在冥冥之中陪伴着我们，但我仍然格外地思念他，想到他今后再不能给我带来惊喜；再不能帮我种植那解除抑郁的藏红花，更是伤心不已。

又过了 4 年，在一个阴沉凄冷的早春午后，我忙完公务开车回家，突然感到自己的心情是那样的沮丧，我知道一定是冬季抑郁症再一次袭来，这似乎已成为每年必要经历的一段痛苦日子，但这一次我却觉得好像还有一些别的原因。

稍后我想起那一天是父亲的生日，不禁又开始追忆起父亲在世时的生活态度以及他一直所秉持的信念。有一次我曾看到他将自己身上的大衣脱下来送给无家可归的人。他经常会不定期地与经过批发商店门前的陌生人聊天儿，一旦得知他们穷困潦倒、饥寒交迫，便会将他们带回家里饱餐一顿。但此刻我却禁不住要怀疑，父亲现在的情况如何？他好吗？他现在在什么地方？难道真的会有传说中幸福的天国吗？

但紧接着我又为自己的疑虑产生了一种罪恶感，才意识到有时坚持信念竟是如此的困难。

不知不觉我已经到了家，走下车，我习惯性地扫了一眼那仍然死气沉沉的草地，然而我突然愣住了，就在那泥泞的草地与早已变为灰色的积雪当中，迎着凄冷的寒风，赫然挺立着一朵粉红色的藏红花。

而这时距父亲为我种植藏红花已经 18 年之久了呀！这一株球茎怎么会在深埋于泥土之中这么多年后，才发芽开花呢？难道这又是父亲在冥冥之中给我的惊喜吗？难道他是要借这朵小花向我传达某种含义吗？父亲的话又在耳边回响起来：坚持下去，不要气馁，光明就要来临。激动的泪水模糊了我的双眼。

虽然那朵粉红色的藏红花仅仅绽放了一天，但却坚定了我终生的信念。

谢谢你做我的父亲

我不能忘记过去44年来我和他之间的不和谐，我们相互愤怒过，失望过，伤害过。但是，那些事情似乎很遥远了。我想向他道歉，为他祈祷，并告诉他："谢谢你做我的父亲！"

有若干理由让我们感谢父亲。可是，我们是否想到过，感谢父亲不需要任何理由呢？感谢父亲，就仅仅只是因为他是我们的父亲；感谢父亲，乃是因为我们彼此伤害过，彼此愤怒过，最终还是彼此关心。

有人早就做出了表率，值得我们学习：

这是圣弗兰西斯科典型的六月天，凉爽而阴沉。当我读报的时候，我才注意到东海岸是多么的热。我也发现，父亲节正一天天临近。父亲节，正如母亲节一样，对于我从来不意味着更多的什么。我只觉得，这些节日对于商人来说是太好不过了，对于孩子们来说也可拈着便宜。

放下报纸，我看到书桌上有一张照片——那是以前的一个夏天在缅因州照的。父亲和我站在一起，我们的手臂缠绕着放在对方的肩上。

我靠近审视着照片。父亲微笑着，露出了上排的牙齿，精神焕发，像一个曲棍球运动员。那时他还年轻，常常在海滩下追逐我，教我划船，

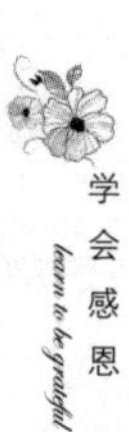

溜冰，劈木柴，显得很健壮。现在，他已垂垂暮年，70 多岁高龄，眼睛深陷，头发灰白，仍然抽烟不减，嗜酒如命，我们仿佛能嗅到他的威士忌和月桂酒的味道。为了生活奔忙，许久没有见过他了，我决定给他打一个电话。

“下午好。”他高声大叫着。母亲拿起另一个话筒，告诉他戴助听器。

“我把它放在衣袋里了。”他说。我能听见他摸索的声音。

“你母亲说我是一个十足的笨蛋，她也许是对的。”

“你还是很大声。”母亲说。

他不理睬她，问我干得怎样。我告诉了他。

“做自由撰稿人很好，”他大声说道，“但是，你需要有所保障。你不能让自己立足于沙洲之上。你受过大学教育，为什么不好好用它？如果生了病，你说怎么办？你知道住在医院里要花多少钱吗？”

“我无法计算，”我说，然后迅速转移话题：“你抽烟太多，酒也喝得太多，又不锻炼，吃的都是些不太好的食物，而且你还在继续这样。”

“你说得对。我比我的同辈人的命都要长。”他说这话时一点没有自夸的迹象。

“听着，”我告诉他，“我知道父亲节就要来了。”

“噢？”他说。那语气，好像从来没听说过似的。

我有好多话想告诉他，我也有好多困难想说出来。我也想谢谢他在我小的时候和我一起玩曲棍球、国际象棋，给我买书，还有那可口的大龙虾。

我不能忘记过去 44 年来我和他之间的不和谐，我们相互愤怒过，失望过，伤害过。但是，那些事情似乎很遥远了。我想向他道歉，我曾经一拳打在他的眼睛上——那时我 18 岁。

“我抱歉我曾跳到你汽车的顶篷上。”我诚恳地说。

“你那时只有 6 岁。”他抿着嘴轻声笑着说。

我急速地说：“你还记得吗，在板球俱乐部，我想喂驴子糖，你轻轻拍打它的臀部，它却踢了你？”

“是的，”他大笑着，“那该死的家伙猛踢我的膝盖。你总认为那是可笑的。”

“还有你带我去划的那些船。”我补充道。

“我喜欢船。”我告诉他。

“但我还是不能说服你去参加海军。你应该成为一名海军陆战队的士兵。”

我没再说什么。

“我们飞到加利福尼亚，”他继续说，“在我离开到越南去之前，我们告别。”

“我们停留在新港小客栈。”母亲说。

“我记得那个星期天的晚上我不得不离开，因为我必须乘直升飞机到洛杉矶去，否则就赶不上那儿的班机，”他继续说，“你向我走来，紧紧地抱着我……”父亲的声音拖得很长，“我不知道我是否能再见到你，我们相互拥抱着，我只得朝直升飞机大声嚷嚷，它还是带走了我。”

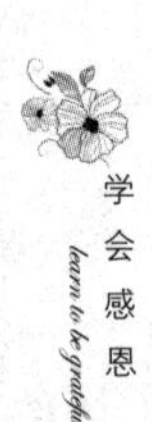

“我知道。”我说，感到有块东西哽着我的喉咙。

“我们为你祈祷。”他说，他的声音颤抖着。“我们为了得到你的信而活着。”

“我也为了收到你们的信。”我告诉他。我的眼睛湿润了，我哽咽着清了下嗓子。“我希望你过一个快乐的父亲节，”我最后努力道，“谢谢你做我的父亲。”

父亲沉默良久，没有说一句话。

“你知道他得到了什么。”母亲在另一个话筒里说道。

“我懂。”我答道，然后我们说了再见。

挂断电话后，我看着一张在缅因州时我和父亲一块儿照的相片。我擦干眼泪，微笑着审视照片，大声地擤拧着鼻子。是的，我想，我知道他得到了什么。

写不完的母亲

母亲的爱让旁人觉得不可理喻甚至神经质，但只有母亲才会这样爱你。有谁曾认真地体会并感激过母亲这样的爱呢？

一

朋友说，她在短短一个小时之内，竟然接到了 28 个电话。从家到学校，一个半小时的车程。母亲在家门口目送她上了车，半个小时后，发现她把上课用的教材忘在了家里，于是打电话提醒她。她的手机放在提包里，是开着的，但是她把铃声设定成了“无振动响铃”。到了学校拿出手机一看，吓了一大跳，“未接来电 28 个”，全是家里的号码。

事后母亲说，我正在联系去你学校的车，你再不接电话，我就准备赶去了。我猜想着在那一个小时里，那位母亲想到了些什么。她的第一反应，想到的最严重的后果是，女儿出事了，以致无法接电话。有可能是车祸，有可能是遇上车匪，有可能女儿突然发病，当然，也有可能只是手机被偷了……焦灼的母亲每隔两分钟拨打一次电话，绝望而执著。她几乎没有想过这一切只是女儿未察觉到来电。爱使人盲目，而母爱是最盲目的爱。爱得越深担忧得越深。爱她才会担心她是否安全是否需要

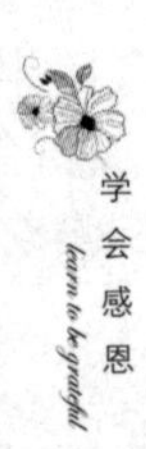

保护，爱她才会在心里千万遍联想以致形成巨大的恐惧，爱她才会时刻绷紧了神经才会如此紧张。不爱，她便是河面的落花风中的枯叶，逐水流，随风去。

母亲的爱让旁人觉得不可理喻甚至神经质，但只有母亲才会这样爱你。有谁曾认真地体会并感激过母亲这样的爱呢?

二

一位才华横溢的名牌大学毕业生到一家日本企业应聘面试，主考官只问了他一个问题："你握过你母亲的脚吗？"

年轻人被主考官的提问弄愣了，满脸绯红。主考官接着说："明天这个时候，请你再来一次，不过有一个前提，就是你必须抱抱你母亲的脚。"

年轻人红着脸走了。他闹不明白主考官的用意，但无论如何，他也要认真完成主考官的测试。

年轻人幼年丧父，贫寒的家里只有母亲与他相依为命。母亲靠替人家做佣人供他完成了学业，因此，年轻人非常爱他的母亲，也非常敬重他的母亲。但他压根儿没想过，还应该抱抱母亲的脚，他不知道抱母亲的脚时心头会是一种什么样的滋味。

母亲很晚才回家。等她一坐下，年轻人就端来一盆热水，然后握住母亲的脚，要替她洗洗。陡然间，年轻人发现母亲的脚竟然像木棒一样坚硬。顿时他潸然泪下，紧紧将母亲的双脚拥在怀里。

那晚，年轻人终于理解了母亲，也理解了主考官的用意。

第二天，年轻人如约去了那家公司，心情沉重地对主考官说："我现在才真正明白，做母亲是多么的艰辛，而我的成才又是何等的不容易。你让我明白了一个极其简单的道理，一个人只有理解了母亲，才可能真正懂得工作，懂得人生！"

主考官笑了笑，点点头说："你明天来公司上班吧！"

主考官的用意旨在考验年轻人的悟性，同时也使一个人的灵魂得到飞升！试想，怀里那双衰老的母亲的脚，浓缩了多少母亲一生一世的沧桑、镌刻了多少母亲抚育儿女的辛劳啊！母亲用这双脚满世界奔跑，它踩出了儿女的前程，却送走了自己的青春。我们时时都提醒自己说，要感谢母亲的养育之恩，可是我们几时这么近距离地接触母亲，体会母亲，握住她的脚，洗去她一生的辛酸与沧桑呢?

接下来的这个故事，相信它足以道出天底下所有母爱的伟大、神奇，以及其超越性：

我所做的医学实验中的一项，是要用成年小白鼠做某种药物的毒性试验。在一群小白鼠中，有一只雌性小白鼠，腋根部长了一个绿豆大的硬块，便被淘汰下来。我想了解一下硬块的性质，就把它放入一个塑料盒中，单独饲养。

十几天过去了，肿块越长越大，小白鼠的腹部也逐渐大了起来，活动显得很吃力。我断定，这是肿瘤转移产生腹水的结果。

有一天，我突然发现，小白鼠不吃不喝、焦躁不安起来。我想小白鼠大概寿数已尽，就转身去拿手术刀，准备解剖它，取些新鲜肿块组织进行培养观察。正当打开手术包时，我被一幕景象惊呆了。

小白鼠艰难地转过头，死死咬住已有拇指大的肿块，猛地一扯，皮

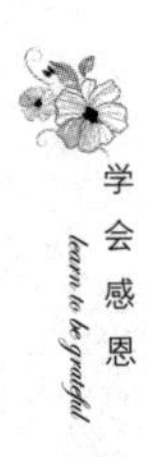

肤裂开一条口子，鲜血汩汩而流，小白鼠疼得全身颤抖，令人不寒而栗。稍后，它一口一口地蚕食将要夺去它生命的肿块，每咬一下，都伴随着身体的痉挛。就这样，一大半肿块被咬下吞食了。我被小白鼠这种渴望生命的精神和方式深深感动了，收起了手术刀。

第二天一早，我匆匆来到它面前，看看它是否还活着。让我吃惊的是，小白鼠身下，居然卧着一堆粉红色的小鼠仔，正拼命吸吮着乳汁。数了数，整整 10 只。

小白鼠的伤口已经停止了流血，左前肢腋部由于咬掉了肿块，白骨外露，惨不忍睹。不过小白鼠精神明显好转，活动也多了起来。

恶性肿瘤还在无情地折磨着小白鼠。我真担心这些可怜的小东西，母亲一旦离去，要不了几天它们就会饿死的。

从这以后，我每天要做的第一件事，就是来到鼠盒前，看看它们。

看着 10 只渐渐长大的子鼠没命地吸吮着身患绝症、骨瘦如柴的母鼠的乳汁，我心里真不是滋味。我明白了母鼠为什么一直在努力延长自己的生命。但不管怎样，它随时都可能死去。

这一天终于来到了。在生下子鼠 21 天后的早晨，小白鼠安然地卧在鼠盒中间，一动不动了。10 只子鼠围满四周。

我突然想起，小白鼠的离乳期是 21 天。也就是说，从今天起，子鼠不需要母鼠的乳汁，可以独立生活了。

面对此景，我潸然泪下。

母亲的遗产

她给孩子们留下了难以估价的爱；留下了耐心、精力和青春；留下了生命里她所能给予的最好的部分：在生活中搏击的勃勃雄心和胜利；留下了悲天悯人。

而这才是最值得儿子们继承和牵挂的！

母亲身患癌症，终年48岁。葬礼上，三个儿子坐在前排聆听司仪对死者的祝福。在他们各自的口袋里都有一封母亲的临终书信。

大儿子切克毕业于电影艺术学院，虽是一名道具管理人，但满口电影技术术语和对电影的毁誉评论之词。“妈妈，近来看了些什么片子？”“那不值一看，毫无趣味”等等，是他和母亲经常谈论的话题。此刻，他忽然意识到自己是否太过浮夸，在天之灵的妈妈会原谅他的好高骛远和夸夸其谈吗？他打开那封已经读了10遍的信。

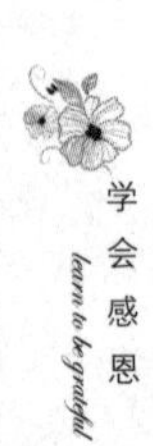

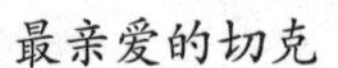

最亲爱的切克：

此信只为你一人所阅，所以我告诉你，我一直是最爱你的。也许因为你是我腹中第一个萌动的奇迹，对母亲来说，一个永恒、不朽的奇迹。

你是我们风风雨雨困难年代里的一部分，这一特殊部分曾使我们变得贫穷，饱尝苦寒，经受失败。

你曾经是最初的"模型"，你的弟弟们比你吹的肥皂泡要大，打嗝时更神气，更早学会说话，跑得也更快，但所有这些中，你是第一个经历的。

由于我们的笨拙，你洗澡时也许很难受，由于我们的无能，尿布也许裹得太紧。但你得到了更为珍贵的东西：我们的耐心、精力和青春。

我们给你的，是你父亲和我生命里所能给予的最好的部分：我们在生活中搏击的勃勃雄心和我们的胜利。你是六大册婴儿照相簿的主角——一部儿童百科全书。

你是我们的一切的开始，我爱你！

妈妈

二儿子史蒂夫双眉紧皱，他回忆起一件往事。几年前全家去乡村度周末，偏偏留下他看家。他为此心中愤愤不平。妈妈回来后第一句话就是："告诉我，发生了什么事？"他倔强地回答："你为什么要认为家里一定发生过事情呢？"妈妈只得将警察局的报告念给他听："三名警察在家门口巡视，曾经有 746 个人来到家的附近，未经允许使街道受阻，不合法地把 150 人邀请到单户家庭聚会。"史蒂夫遗憾地想到，当初为何不向母亲认错呢？妈妈是会原谅他的啊。他慢慢展开信笺：

最亲爱的史蒂夫：

你一定不会相信，可我还得如实说：我一直是最爱你的。你在家里外面大闹天宫、干尽傻事，可你并不因此垮下，反而变得更加成熟、强壮。我最欣赏、喜爱的是你的热烈、激情和独立不羁。你可能穿过破衣服、玩过旧玩具，你也许从没有第一个去尝试新奇的东西，可你却总是干得比别人漂亮。

我们在你身上找到了快乐和慰藉。你抱着狗打滚亲吻，冬天忘戴帽子都不会生病。星期六你常常在家，很少得到特殊的照顾。然而又是你，使我们摆脱了生活中的烦愁苦闷，享尽天伦之乐。

你是我们匆匆奔忙、雄心勃勃年代里的一部分。可当我们眼前一片迷惘时，是你的纯朴自然，使我们重新认识了人的价值，返璞归真。你用你对生活的火热感情激励着我们热爱生活。

你不屈不挠，我爱你！

妈妈

汤姆只有 14 岁，过于瘦小的黑色礼服紧绷在身上，他从没有哥哥的福分，因为当他少年气盛时，父母已经年迈，父亲不像以前那样，在饭后和孩子们玩橄榄球；母亲也没有兴趣再去整理那些棒球明星的卡片了。他曾经怨恨自己生长在一个没有生气的家庭里，而他的母亲似乎也意识到了这点。

最亲爱的汤姆：

作为母亲，本不应该对谁有所偏爱，但我一直是最爱你的。正当爸爸、妈妈感到青春年华将从我们身上消失时，你降临人世。你使我们意识到自己身上还有生命的光和热。你使我们的头发变黑了，你加速了我们的步子，抬高了我们的肩膀，唤起了我们的想象，激发了我们的幽默。

你使我们第二次领略了五彩缤纷的人生。

你好像一下子长大成人了。也许是我们不愿去追忆流逝的时光吧。而你得到的只是破损了的棒球击球棒，电动玩具火车不复行驶，冰箱里没有牛肉，却满是酸乳酪和减肥食品。而且你还面临着一件我们没有想到的事：那就是我们终将死去。然而，从你的成长中，我们进一步悟到了生命的意义和爱的伟大。

我喜欢你那35岁般的忍耐、50岁般的实际和90岁般的悲天悯人之心，但我更喜欢一个将上述品格融于一身的14岁的你，虽不乏笨拙愚钝，却超然不俗。

你是我们生活中的顶点，我爱你！

妈妈

葬礼上，邻家的两个女人在悄悄说："看看那些没有母亲的小伙子，多叫人心酸啊！"

"可不是，我听说医疗费用已经使他们倾家荡产，她没有给孩子们留下一点东西就去了。"

然而我却以为，她给孩子们留下了难以估价的爱；留下了耐心、精力和青春；留下了生命里她所能给予的最好的部分：在生活中搏击的勃勃雄心和胜利；留下了悲天悯人。

而这才是最值得儿子们继承和牵挂的！

献给母亲的万寿菊

那个风雨中的小男孩手捧鲜花，一步一步地缓缓前行，他忘记了身外的一切。在他的前方是一块公墓，而在那乞讨的屈辱和失望背后，在那又肮脏又瘦小的身体中，所隐藏的却是对母亲的揪心牵挂，一颗忘怀一切的感恩之心！

午后的天灰蒙蒙的，风没有消息。乌云压得很低，似乎要下雨。就像一个人想要打喷嚏，可是又打不出来，憋得很难受。

多尔先生情绪很低落，他最烦在这样的天气出差。由于生计的关系，他要转车到休斯敦。

车站周围的一切他最熟悉不过了。他一年中大部分时间是在旅途中度过的。他厌倦了这种奔波的生活，他最急于见到的是上小学的儿子。一想起儿子，他浑身就有力量。正是由于自己整天漂泊，妻子和儿子才能过上安逸的日子，儿子能上寄宿学校，接受良好的教育。想到这些，他的心情舒畅了一点。

开车的时间还有两个小时，他随便在站前广场上漫步，借以打发时间。

“太太，行行好。”一个声音吸引了他的注意力。循声音望去，他看

见前面不远处一个衣衫褴褛的小男孩伸出鹰爪般的小黑手，尾随着一位贵妇人。那个妇女牵着一条毛色纯正、闪闪发亮的小狗正急匆匆地赶路，生怕小黑手弄脏了她的衣服。

“可怜可怜，我三天没有吃东西，给一美元也行。”

考虑到甩不掉这个小乞丐，妇女转回身，怒喝一声：“滚！这么大点儿小孩就会做生意！”小乞丐站住脚，满脸的失望。

真是缺一行不成世界，多尔先生想。听说专门有一种人靠乞讨为生，甚至还有发大财的呢。还有一些大人专门指使一帮孩子乞讨，利用人们的同情心，说不定这些大人就站在附近观察呢，说不定这些人就是孩子的父母。如果孩子完不成定额，回去就要挨处罚。不管怎么说，孩子也怪可怜的。这个年龄本来该上学，在课堂里学习。这个孩子跟自己的儿子年龄相仿，可是……这个孩子的父母太狠心了，无论如何应该送他上学，将来成为对社会有用的人。

多尔先生思忖着，小乞丐走到他跟着，摊着小脏手：“先生，可怜可怜吧，我三天没有吃东西了。给一美元也行。”不管这个乞丐是生活所迫，还是欺骗，多尔先生心中都一阵难过，他掏出一枚一美元的硬币，递到他手里。

“谢谢您，祝您好运！”小男孩金黄色的头发都连到了一块儿，全身上下只有牙齿和眼球是白的，估计他自己都忘记上次洗澡的时间了。

树上的鸣蝉在聒噪，空气又闷又热，像庞大的蒸笼。多尔先生不愿意过早去候车室，就信步走进一家鲜花店。他有几次在这里买过礼物送给朋友。卖花姑娘认出了他，忙打招呼。

“您要看点什么？”小姐训练有素，礼貌而又有分寸。她不说“买什么”，以免强加于人。

这时，从外面又走进一人，多尔先生瞥见那人正是刚才的小乞丐。小乞丐很是认真地逐个端详柜台里的鲜花。“你要看点什么？”小姐这么问，因为她从来没有想过小乞丐会买。

“一束万寿菊。”小乞丐竟然开口了。

“要我们送给什么人吗？”

“不用，你可以写上‘献给我最亲爱的人’，下面再写上‘祝妈妈生日快乐！’”

“一共是 20 美元。”小姐一边写，一边说。

小乞丐从破衣服口袋里哗啦啦地摸出一大把硬币，倒在柜台上，每一枚硬币都磨得亮晶晶的，那里面可能就有多尔先生刚才给他的。他数出 20 美元，然后虔诚地接过下面有纸牌的花，转身离去。

这个小男孩还蛮有情趣的，这是多尔先生没有想到的。

火车终于驶进站台，多尔先生望着窗外，外面下雨了，路上没有了行人，只剩下各式车辆。突然，他在风雨中发现了那个小男孩。只见他手捧鲜花，一步一步地缓缓前行，他忘记了身外的一切，瘦小的身体更显单薄。多尔看到他的前方是一块公墓，他手中的菊花迎着风雨怒放着。

火车撞击铁轨越来越快，多尔先生的胸膛中感到一次又一次的强烈冲击：在那乞讨的屈辱和失望背后，在那又肮脏又瘦小的身体中，所隐藏的竟然是对母亲的揪心牵挂，一颗忘怀一切的感恩之心。他的眼前已下起了模糊的雨。

母爱的见证

我打开了琴盖，对着窗外的冬日夕阳，一首一首地弹起了母亲节的歌。我要让人知道我不是孤儿。我一直由那些好心而又有教养的修女们像母亲般地将我抚养长大，我难道不该将她们看成自己的母亲？更何况我的生母一直在关心我，是她的果断和牺牲，才使我能有一个良好的生长环境和光明的前景。

的确，母爱是感激不尽的。母爱有时比蓝天更广，比大海更深，比自然更美丽。母爱的伟大总是在一桩一桩的真实传奇中得到见证：

我从小就怕过母亲节，我生下不久，就被母亲遗弃。

每到母亲节，我就会感到不自然。因为母亲节前后，电视节目全是歌颂母爱的歌，电台更是如此，即使是个饼干广告，也都是讲母爱深情。对我而言，每一首这种歌曲都是消受不了的。

我被人在新竹火车站发现后，警察们便慌作一团地给我喂奶。等我吃饱了奶安详地睡去，这些警察伯伯便轻手轻脚地将我送到了新竹县宝山乡的德兰中心，送给了那些成天笑嘻嘻的天主教修女。

我没有见过我的母亲。小时候只知道是修女们带我长大。晚上，其他的大哥哥、大姐姐都要念书，我无事可做，只好缠着修女，她们进圣堂念晚课，我跟着进去，有时钻进祭台下面玩耍，有时对着在祈祷的修女们做鬼脸，更常常靠着修女睡着了。好心的修女会不等晚课念完，就先将我抱上楼去睡觉。我一直怀疑她们喜欢我，是因为我给了她们一个溜出圣堂的大好机会。

我们虽然都是家遭变故的孩子，可是大多数仍有家，过年过节叔叔伯伯甚至兄长都会来接，只有我，连家在哪里都不知道。

也就因为如此，修女们对我们这些真正无家可归的孩子们特别好，总不准其他孩子欺侮我们。我从小功课不错，修女们便找了一大批义工来做我的家教。

教我理化的老师，当年是博士班学生，现在已是副教授了，教我英文的，是位正教授，难怪我从小英文就很好了。

修女们也逼迫我学琴。小学四年级，我已担任圣堂的电风琴手，弥撒中，由我负责弹琴。由于我在教会里所受的熏陶，口齿比较清晰，在学校里便常常参加演讲比赛，有一次还担任毕业生代表致辞，可是我从来不愿在庆祝母亲节的活动中担任重要的角色。

我有时也会想，我的母亲究竟是谁？看了小说以后，我猜自己是个私生子。爸爸始乱终弃，年轻的妈妈只好将我遗弃。

在大学的时候，我靠工读完成了学业，带我长大的孙修女有时会来看我，我的那些大老粗型的男同学，一看到她，马上变得文雅得不得了。很多同学知道我的身世以后，都会安慰我，说我是由修女们带大的，怪不得我的气质很好。毕业那天，每人都有爸爸妈妈来，我的唯一亲人是孙修女，我们的系主任还特别和她照了相。服役期间，我回德兰中心玩，这次孙修女忽然要和我谈一件严肃的事，她从一个抽屉里拿出一个信封，

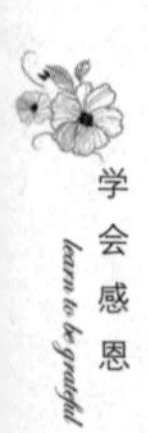

请我看看信封的内容。

信封里有两张车票，孙修女告诉我，当警察送我来的时候，我的衣服里塞了这两张车票。显然是我的母亲用这些车票从她住的地方到新竹车站的，一张车票从南部的一个地方到屏东市，另一张火车票是从屏东到新竹，这是一张慢车票。我立刻明白我的母亲不是有钱人。

孙修女告诉我，她们通常并不喜欢去找出弃婴的过去身世，因此她们一直保留着这两张车票，等我长大了再说。她们观察我很久，最后的结论是我很理智，应该有能力处理这件事了。她们曾经去过这个小城，发现小城人极少，如果我真要找出我的亲人，应该不是难事。

我一直想和我的父母见一次面，可是现在拿了这两张车票，我却犹豫不决了。我现在活得好好的，有大学文凭；甚至也有一位快要谈论终身大事的女朋友。为什么我要走回过去，去寻找一个完全陌生的过去?何况十有八九，找到的恐怕是不愉快的事实。孙修女却仍鼓励我去，她认为我已有光明的前途，没有理由让我的身世之谜永远成为心头的阴影，她一直劝我要有最坏的打算，这样即使发现的事实不愉快，也应该不至于动摇我对自己前途的信心。

我终于去了。

这个我过去从未听说过的小城，是个山城，从屏东市要坐一个多小时的汽车，才能到达。虽是南部，因为是冬天，总有点山上特有的凉意。小城的确小，只有一条马路、一两家杂货店、一家派出所、一家镇公所、一所国民小学、一所国民中学，然后就什么都没有了。我在派出所和镇公所里来来回回地跑，终于让我找到了两份和我似乎有关的资料，第一份是一个小男孩的出生资料，第二份是这个小男孩家人来申报遗失的资料，申报遗失就在我被遗弃的第二天，出生一个多月以后。据修女们的记录，我被发现在新竹车站时，只有一个多月大。看来我找到我的出生资料了。

问题是：我的父母都已去世了，父亲6年前去世，母亲几个月以前去世。我有一个哥哥，这个哥哥早已离开小城，不知去了何处。

毕竟这是个小城，谁都认识谁，因此，派出所的一位老警员告诉我说，我的妈妈一直在那所国中里做工友，并马上带我去了那里。

国中的校长是位女士，非常热忱地欢迎我。她说的确我的妈妈一辈子在这里做工友，是一位非常慈祥的老太太，我的爸爸懒，别的男人都去城里找工作，只有他不肯走，在小城做些零工，小城根本没什么零工可做，因此他一辈子靠我的妈妈做工友过活。因为不做事，心情也就不好，只好借酒消愁。喝醉了，有时打我的妈妈，有时打我的哥哥。事后虽然有些后悔，但积习难改，妈妈和哥哥被闹了一辈子，哥哥在国中二年级的时候，索性离家出走，从此没有回来。

校长问了我很多事，我一一据实以告，当她知道我在北部的孤儿院长大后，她忽然激动了起来，在柜子里找出一个信封。这个大信封是我母亲去世以后，在她枕边发现的，校长认为里面的东西一定有意义，决定留下来，等她的亲人来领。

我用颤抖的手，打开了这个信封，发现里面全是车票，一套一套从这个南部小城到新竹县宝山乡的来回车票，全部都保存得好好的。

校长告诉我，每半年我的母亲会到北部去看一位亲戚，大家都不知道这亲戚是谁，只感到她回来的时候心情就会很好。母亲晚年信了佛教，她最得意的事是说服了一些信佛教的有钱人，凑足了100万台币，捐给

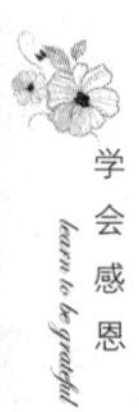

天主教办的孤儿院。捐赠的那一天，她也亲自去了。我想起来，有一次一辆大型游览车带来了一批南部到北部来进香的善男信女。他们带了一张 100 万元的支票，捐给我们德兰中心。修女们感激之余，召集所有的小孩子和他们合影，我正在打篮球，也被抓来，老大不情愿地和大家照了一张相，现在我居然在信封里找到了这张照片。我请人家认出我的母亲，她和我站得不远。更使我感动的是我毕业那一年的毕业纪念册，有一页被影印了以后放在信封里，那是我们班上同学戴方帽子的一页，我也在其中。

我的妈妈，虽然遗弃了我，却仍然一直来看我，她甚至可能也参加了我大学的毕业典礼。校长的声音非常平静，她说："你应该感谢你的母亲，她遗弃了你，是为了替你找一个更好的生活环境。你如留在这里，最多只是中学毕业以后去城里做工，我们这里几乎很少有人能进高中的。弄不好，你吃不消你爸爸每天的打骂，说不定也会像你哥哥那样离家出走，一去不返。"

校长索性找了其他的老师来，告诉了他们有关我的故事，大家都恭喜我能从国立大学毕业。有一位老师说，他们这里从来没有学生可能考取国立大学的。

我忽然有一个冲动，我问校长校内有没有钢琴，她说她们的不是很好的，可是电风琴却是全新的。

我打开了琴盖，对着窗外的冬日夕阳，一首一首地弹起了母亲节的歌。我要让人知道，我虽然在孤儿院长大，可是我不是孤儿。我一直由那些好心而又有教养的修女们像母亲般地将我抚养长大，我难道不该将她们看成自己的母亲？更何况我的生母一直在以她最独特的方式关心着我，是她的果断和牺牲，才使我能有一个良好的生长环境和光明的前景。

我的禁忌消失了。我不仅可以弹所有母亲节的歌曲，我还能轻轻地唱。校长和老师们也跟着我唱。琴声传出了校园，山谷里一定充满了我的琴声。在夕阳里，山城居民们一定会问，为什么今天有人要弹母亲节的歌呢?

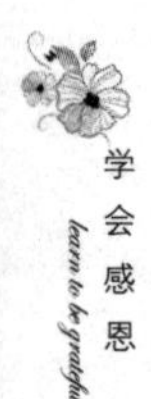

感恩是对陌路关爱的震颤

今天是谁替你扎好了降落伞

用爱来感谢爱的传递

感激陌生人

幸存者的记忆

感激偶然的奇遇

感激一生受用无穷的善

感激生命的再生之德

及时地说一声“谢谢”

今天是谁替你扎好了降落伞

谁都会有那么一个人在帮助他准备着需要的东西来度过每一天，这些帮助就像飞机失事后的降落伞那样必需。因此，当你顺利度过每一周、每一月、每一年的时候，请记住那些为你折好降落伞的人们，因为，这是对那些陌路关爱的最好感恩！

查里斯·普拉姆毕业于美国海军军官学校，曾是越南战争中的一名喷气式飞机飞行员。

在执行了 75 次战斗任务之后，普拉姆的飞机被一个地对空导弹击毁。他跳出机舱，降落到对手手中。他被俘虏并被监禁于一所越南的监狱达 6 年之久。他在这次磨难中存活了下来，并向人们讲演他在那次经历中得到的教训。

一天，普拉姆夫妇正坐在一间餐厅里面，另一张桌子的一个男人走上来说："你是普拉姆吧！越战时，你曾驾驶喷气式飞机从'小鹰'号航空母舰上起飞，后来被击落了。"

"你究竟是怎么知道得这么清楚的？"普拉姆惊奇地问。

"是我替你扎的降落伞。"那个人回答道。普拉姆惊讶得说不出话来。他表示感谢。那人使劲儿地和他握手，说："我想那个降落伞起了作用了。”“它当然起了作用，”普拉姆向他保证说，“如果当初你的降落伞扎得不好，我今天就不能站在这里说话了。”

那天晚上普拉姆想着白天那个人，辗转不能入睡。他说：“我一直在想象着他穿海军制服时会是什么样子：一顶白色的帽子，背后的海军领，还有喇叭裤。我在想也许我可能看到他很多次，但是却连一声‘早上好’或者‘你好’都没对他说。因为，正如你们所知道的，我是个战斗机飞行员，而他只是个水手。”

普拉姆想着那个水手花很多时间在船舱的长木桌上折叠降落伞——细心地编好那些吊伞索，折好每个降落伞的伞面。每一次折叠，在无形当中都掌握着某些他不认识的人的命运。

如今，普拉姆会问他的听众们：“谁在替你们折叠降落伞？”

谁都会有那么一个人在帮助他准备着需要的东西来度过每一天。普拉姆还说，当他的飞机在对手的领土内被击落的时候，他需要许多种降落伞——他需要生理上的降落伞、心理上的降落伞、情感上的降落伞和精神上的降落伞。在他安全着陆之前，他需要所有这些支持。

有时候，在面对日常生活中的一些困难时，我们会忽略那些真正重要的东西。我们可能忘记说“你好”、“请”或者“谢谢”，忘记在别人有好事的时候祝贺他们，忘记赞美别人或者不为任何目的地做一些善事。当你顺利度过每一周、每一月、每一年，记住那些为你折好降落伞的人们吧！

用爱来感谢爱的传递

他一生唯一的任务就是把爱传下去，为母亲，更为那些直到现在他仍不知道名字的人们，或者，为了生命之间那些闪烁着爱的光芒的心灵！因为，只有他知道，爱是一个人一个人一程程一程程传递过来的，就像是一种生命的接力。

爱是能行于生命的唯一邮票。如果把爱的心灵一颗一颗地串起来，那世界将是多么璀璨的一串水晶啊！

那是许多年前的事了。当时他刚刚 20 岁，跑到南方一个海滨城市做生意，没想到生意彻底赔了，血本无归不说，还债台高筑，连回家的路费也没有了。

就要到春节了，他想了又想，给母亲写了最后一封信说，如果他春节不回家，可能将永远不会回家了，请老人珍重，忘掉他这个不争气的儿子吧。他那远在北方偏僻农村的母亲收到这封沮丧又绝望的信，悲伤地哭了很久。这个世界上，她最牵挂的，就是这唯一的儿子，他是她的魂啊。

母亲找来邻居家的一个孩子，又从抽屉里找到一张已经有些泛黄的贺卡，让那孩子代笔，在贺卡上歪歪扭扭写上了一行留言："孩子，你不

回家，妈也不想再活了。”

母亲拄着拐杖赶到几十公里外的镇上，把那张贺卡丢进镇上小邮电所外那个绿漆斑驳的邮筒里。那天的雪真大啊，风也刮得呼呼作响，从村里到镇上，母亲摔了几次跤，纷纷扬扬的大雪，几乎把母亲裹成一个笨笨的雪人了。

天刚擦黑的时候，小邮电所的分发室里，几个人正点着几盏油灯在分拣信件。一个年轻的女营业员首先看到了那张贺卡，她说："咦，这张贺卡怎么不贴邮票呢？"的确，那是一张需要贴邮票的老式贺卡，已经有些发黄了。这样的贺卡早就没人用了。女营业员看了贺卡上的留言，将已举到废纸篓旁的手缩回来了，对老所长说："你看这张没贴邮票的贺卡。"

头发灰白的老所长眯着眼睛仔细看了看那泛黄的贺卡，一双本来就有些哆嗦的手更哆嗦了，他说："这张贺卡就是没贴邮票也不能退回原址，更不能扔，我们要马上把它投出去。"老所长一脸凝重的神色。

第二天早上4点多，老所长就骑着他那辆看上去和他一样老的自行车上路了。本来，按照往常的惯例，这么大的雪，天气又这样冷，所里是可以不去县城送或者取邮件的，三四十公里的山路，白雪皑皑的，路上的积雪太厚，又很少有行人，这样的行程太危险。但老所长看着没贴邮票的贺卡，仿佛就看见了两条站在悬崖边上的生命！绝望的孩子，还有抱着仅仅一丝希望的一位老母亲……老所长的眼眶湿了，他顾不上自己那天一冷就隐隐作痛的老寒腿，把那张没贴邮票的贺卡掖在贴胸的口袋里，骑上车就摇摇晃晃地冒着纷纷扬扬的大雪上路了。

天黑的时候，棉袄和眉毛上落满白雪的老所长终于赶到了县城。他匆忙停好车子就一溜烟似的跑进邮局的信件分发室。

分发室的人很惊讶地说："这么大的雪你还跑什么？不想要你那半拉老命了？"

老所长笑了笑，顾不上喝一口热茶暖暖身子，就从贴身的口袋掏出那张贺卡说："这张贺卡忘贴邮票了，但它拴着两条人命呢，说什么我们都要把它投出去！"分发室的人一一接过那张还有着老所长体温的贺卡传着看了看说："寄！马上就寄！这张贺卡一点儿都不能耽误！"他们啪地在贺卡上砸上了黑亮的邮戳，想想又在那张贺卡的空白边缘上郑重地写下了一行黑体小字儿："这是一张很重要的贺卡，望能迅速投递！"落款是"礼城县邮局全体同仁"。在落款上，他们又盖上了一枚黑亮的邮戳。

雪还在纷纷扬扬地下着，但夜里 10 点多，邮车却上路了。这是邮车第一次走夜路，何况还飘着那么大的雪。

局长让胖胖的司机看了看那张贺卡问："什么时间往市邮局送？"胖司机笑笑说："您别将我的军，我还能不知道什么时候送？这张贺卡，今夜不投递到市局里去，我的觉就甭想睡得着了！"

局长拍拍胖司机的肩膀，招呼了两个年轻人随车一起去，再三叮嘱他们说："今晚一定要送到市局去！"

炽亮的车灯照在地面的积雪上，比白天的阳光还耀眼，邮车摇摇晃晃地冒着大雪上路了。黎明时分，邮车终于停在了市邮局大门口。胖司机亲手提着那件装着这张贺卡的邮包走到分发室，市邮局的人很诧异，什么十万火急的邮件啊，竟冒着大雪和危险连夜赶来？胖司机取出那张没贴邮票的贺卡说："赶不上你们今早的分发，今年的春节我也甭想过得踏实。"

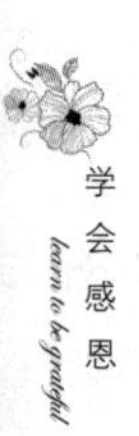

市邮局的人看了贺卡，迅速分拣好，拍拍胖司机的肩膀说："8 点准时让它上火车，耽误了它，我们和你老兄一样心里很难踏实！"

8 点的时候，那张贺卡和一些邮件被准时送到远去的火车上，开始了它的新一程传递……

他是在 4 天之后的深夜收到母亲的这张贺卡的。那时，他已蜷缩在一个偏僻小旅馆里的通铺上睡熟了，睡眼惺忪的旅店老板叫醒了他说："有你一个邮件，我让邮递员给我转交给你就行，但邮递员非要亲手交给你。"

跑得汗津津的邮递员说："本来这张贺卡是明天早上送的，但既然今天晚上就分到我的邮包里，今天晚上不送到你手上，我这心里就不踏实。"说着，就把那张辗转了万里的贺卡递给了他。

"怎么没贴邮票？"他看了看手中的那张贺卡愣了。

"是没贴邮票，可它就这么一程一程地投递过来了。"邮递员微笑着看着他说。

他看看贺卡上母亲的留言和边缘空白处那行陌生人留下的小字，哇的一声哭了。

旅店里的其他旅客听到他的号啕大哭都纷纷披衣围了过来，大家默默地传递着看了那张泛黄的、没有邮票的贺卡，默默地掏出钱放到他的面前说："回家去吧，你妈在家等着你呢。"

那一堆钱有 10 块、5 块的，有 1 块的，还有角票和许多硬币：他知道，住到这地方的人，都是些经济不太宽裕的人。

怀揣着那张贺卡，他终于踏上了北归的列车。如今，年过 40 的他，已是北方一个大公司的总经理了。他和善，乐于助人，似乎他开公司不是要赚钱的，只是为了一种雪中送炭的施舍。他的办公桌上，一直放着那张泛黄的用玻璃镶起来的贺卡。

只有他知道，爱是一个人一个人一程程一程程传递过来的，就像是一种生命的接力。当初，那么多陌生人将爱传到了他手上。把爱传下去，那是他一生唯一的任务，那张贺卡没贴邮票，但被许多陌生人的爱心传递到了他这里，爱，是能行于生命的唯一邮票。如果把爱的心灵一颗一颗地串起来，那世界将是多么璀璨的一串水晶啊！

没事的时候，他常常默默凝视着那张母亲的贺卡，那张没有邮票的贺卡，他的眼里常常会涌满泪水。为母亲，更为那些直到现在他仍不知道名字的人们，也许，是为了生命之间那些闪烁着爱的光芒的心灵吧！

爱，是不会忘记的。

感激陌生人

不管你多么聪明、多么有能力，生命里有许多事是要靠运气和陌生人恩赐的。因此，作为一个很有运气的人，你要懂得自己对社会的责任，去帮助那些运气不好的人们。帮助他人，帮助这个世界变得更美好，这种成就感是无法衡量的。

没想到，杰教授在给我们讲完这一课后，便在厄瓜多尔登山时因心脏病突发不幸去世。杰以他生命中最宝贵的一段经历跟我们作了永别，一时间，眼泪模糊了我的眼睛：

走进险境

你们都知道，我最大的爱好是登山，今天我来和大家分享一个许多年前发生在我身上的真实故事。60 年代末，我还是年轻的小伙子，和一班朋友决定去爬喜玛拉雅山脉中一座很难爬的山峰。经过了许多天的步行和攀登，我们终于到达了海拔最高的营地（24000 英尺），并计划在几天之内征服顶峰（28000 英尺）。从营地到顶峰需要很早出发，经过几天休息之后，我们在凌晨 1 点钟起程了。

我们连续攀登了一个早晨，比事先想象的要困难许多，大家消耗了许多体力，进度越来越慢。中午 1 点钟是原定返回营地的时间，可我们还没有到达顶峰。专业登山的人都知道，在这个时间如果还没有到达目的地就一定要返回营地，休息几天之后再尝试。可那时我们年轻，身体又强壮，决定继续爬山。“绝对没有问题！”大家都这样想。经过几个小时的艰难攀登，我们终于在下午 4 点到达了顶峰。大家迅速地庆祝了胜利便开始返回营地。

走了不久，我们遇到了“白区”——当你在很高的海拔遇到暴风雪时，由于云和雪都是白色的，你会分辨不清哪里是山的尽头哪里是天的开始，一不小心就会从山上掉下去。我们都是比较有经验的登山人，靠对风向的感觉和用登山铲探路，大家坚持着慢慢往下走。

生死一线

在那样高海拔的山上，有时积雪和冰会延伸到悬崖外面，如果下层的冰层结实，那就没有问题，但你没有办法探测清楚。一旦冰层断裂，就要看你的运气了，看你是跳到有雪的一面还是岩石的一面。在白区的情况下你无法分辨应该往哪边跳。

正当大家小心翼翼地往下走时，我突然听到一阵爆裂声。我们刚好站在有积雪和冰的悬崖上，雪下面的冰层断裂了。在那一刹那，我朝一个方向跳了过去，而我的两个朋友却向相反的方向跳去。这是我最后一次见到那两个朋友，他们跳向了岩石的一侧。我一跳到有雪的一侧就摔倒了，开始以惊人的速度往山下滑去。在往下滑时我做的第一件事就是丢掉我身上所有的工具，因为如果撞上岩石，我身上的登山铲或任何硬器都会杀了我。我一边往下滑一边不断地丢东西，直到一件东西也不剩。

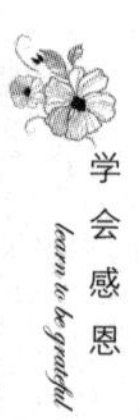

在往下滑的过程中，我的头脑是完全清醒的。我很清楚发生的一切事情，可是由于滑行的速度实在是太快了，我没有办法控制自己。我的登山服在极度摩擦下开始燃烧，连我的皮肤也被烧到了。最后，在一阵似乎是永恒的滑行之后，山的坡度开始渐缓，我终于停了下来。

山谷遇救

我全身的皮肤都被烧了，登山服破得不成样子。往四周看去，我什么也看不到，只有一片白色！我一共滑行了大约 8000 多英尺。当我想起是从哪里开始往下滑时，才意识到营地在山的另一面，大约需要走一星期才能到达。当时又冷又累，我根本没有察觉到自己的胯骨已经摔断了。我该怎么办呢？唯一能做到的就是选个方向朝前走。白天黑夜，我持续地走了 48 小时，没有食物，没有水。

我终于走到了一个小山谷，那里有个很小的房子。当我走近那座小屋时，听到了狗叫声和小孩子的玩闹声，这些平时被人们忽略的声音此时此刻对我来说是那么的动人。一听到这些声音，我再也坚持不住，筋疲力尽地倒下了。住在小屋里的是一个女人和她的孩子们。好心的女人把我抬进屋里帮我治疗伤口。当她意识到我的伤太重，需要专业医疗护理时，就决定立刻背我去最近的村庄。这个瘦小的女人背着我步行了整整一个星期才把我送到医院里。

在病床上躺了三个星期，我勉强可以拄拐杖下床。在这时，我才得到了和我一起登山的两个朋友的噩耗。他们就这样从地球上消失了，连尸体都没有找到。

回去报恩

等到身体强壮些了，我回到美国作进一步的治疗，直到完全康复。几年之后我决定回去，我要回报那些为我做过许多许多的人们，是他们重新给了我生命！可是那里没有一个人想到我会回来，他们见到我都非常吃惊。我问他们我可以为他们做些什么，他们什么都不要。我想给他们钱，可钱这个东西在那个偏僻的地方一点用处也没有。那我能做些什么呢，我一定要报答他们对我的救命之恩！当我想到那里的孩子们和背我下山的女人，我突然知道了自己该做什么，我要为他们建一所学校！用自己的钱，我和村里的人一起建了一所小学校，请来老师，让周围的孩子们都可以来这里上学。这就是我所能为他们做的，给那里的孩子们一个机会去接受教育，改善他们的生活境遇。直到今天我都坚持常去那里，现在我们已经有三所学校了。

恩赐与责任

这就是我想和你们分享的亲身经历。不管你多么聪明、多么有能力，生命里有许多事是要靠运气和陌生人恩赐的。那天我很有可能就跳到悬崖的另一侧，和我的同伴们的命运一样；我也有可能走向了另一个方向，永远也到不了那个山谷；那我也许就不会那么幸运，有那个善良的女人愿意帮我了。生命中的一切都是要靠运气和恩赐的！你们，哈佛商学院的佼佼者，是非常幸运的！你们在很好的家庭里长大，得到最优秀的教育，有前途无量的机会。许多人一辈子也得不到这其中的一样，就像山里的那些孩子们。你们一定要抓住自己的运气，好好把握它，珍惜生命中的每一分每一秒，因为你不会知道在哪一天生命就会离你而去。要过

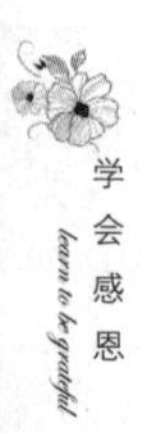

充实的一生！

作为一个很有运气的人，你更要懂得自己对社会的责任，去帮助那些运气不好的人们。如果赚钱是你们的目的，你们全体都会挣到比梦想中更多的钱。不要忘记回报社会！记住你们之所以能取得如此的成就，有一部分是靠运气恩赐的，所以你们一定要尽自己的义务！帮助他人，帮助这个世界变得更美好，这种成就感是无法衡量的。有时我们会因为生活、工作太忙碌而没有时间停下来想这些问题，请大家千万不要忘记，只要我们每个人出一点力，是可以改变这个世界的！

这就是直到今天我仍旧坚持登山的原因。我要带我的孩子们一起去，让他们看世界，让他们学会珍惜拥有的一切。

谢谢你们这学期对我的课的支持！任何时候如果需要我，请随时来我的办公室，我的门永远向你们敞开。谢谢！

一片寂静，没有一点响动。突然间掌声响了起来，大家都站到课桌旁向我们最热爱的老师致敬。

谢谢你，杰！谢谢你以如此的方式跟我们道别！谢谢你以你的生命告诉了我们课本里远没有的那么丰富的一切！

幸存者的记忆

真可谓生死之劫啊！惊魂未定的她说，帮了她的男人们，其中哪一个不到位，哪怕是相差一秒，她都可能葬身大海。为她而去的男人们，伟大、无私，将会在大海中永生。

“大舜”号在渤海湾中，再现了“泰坦尼克”号的悲壮。302人只有22人生还，其中居然有一位女性。

她叫董颖，今年26岁，在青岛帮人卖服装，她是只身去大连玩的。当警铃第一次拉响时，头一次坐船，而且又是在茫茫无边、浪高五六米的大海上，董颖吓坏了。她不知救生衣如何穿，泪水止不住地流在美丽的脸庞上。这时有两位还没穿上救生衣的大哥走了过来，帮她穿上了救生衣。

董颖看到滚装船的通道上乱作一团，想到了最坏处。她手足无措地向着惊慌失措的人群跑去，发现那里的男人们都主动让出一条道，让妇女、儿童和老人先上甲板。

经过数小时垂死挣扎后，“大舜”号倾倒在大海中，船舱一下子被水淹没了。同舱的几名男子用各种器物，还使用了头颅和拳头，终于击碎了钢化玻璃窗。第一个逃出这个船舱的是董颖——男人们再次把生的希

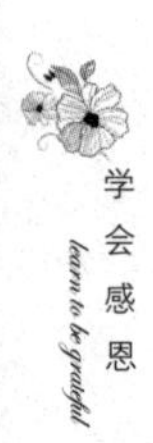

望留给了她。不过，她也只是在大海中任凭风浪摆布。突然她看到一条橡皮救生筏，那上面已有一位老人，老人向她伸出援助之手，她费了九牛二虎之力也没能爬上去。这时大浪将一个男子送到了她和救生筏的旁边，那位男子毫不犹豫地倾全身之力，把董颖顶上了救生筏。当董颖再来向他伸手时，两只手就差那么小小一点距离，一个巨浪将那位大哥卷入海底，再也没有上来……

董颖蒙了，她的心受到了极大的震撼。真的，她不知道该怎么向这位大哥的爱妻和孩子交待……

筏子依然在死亡之海上荡着秋千，董颖放声大哭。那个老人便安慰她："不管结局如何，我都会尽全力帮助你，因为你还年轻，而我已经活了大半辈子了。"

这样说着，董颖止住了哭声，她也看到了海上的亮色。可这时一个大浪将筏子掀翻，董颖死死缠住了筏绳，而那个给她力量的老人，转眼就消失在大海中……

董颖根本不会游泳，她只是在踏上"大舜"号之前，看过溺水自救的电视片。她将两个指头伸进鼻子里，拼命地用嘴呼吸，不让水灌进鼻子将自己呛死。过了很久很久，董颖发现自己随筏子到了岸边，有人拉她，可没拉住，又漂远了一点，岸边也是惊涛骇浪，她随时可能被反弹到海里。董颖非常聪明，她忙将筏绳解开，又是一个浪将她送到岸上。这时一个渔民用羽绒服包住了她，她活了下来。

真可谓生死之劫啊！惊魂未定的董颖说，帮了她的男人们，其中哪一个不到位，哪怕是相差一秒，她都可能葬身大海。为她而去的男人们，伟大、无私，将会在大海中永生。她要将这个故事告诉世世代代的人们。

这些天，大海中漂泊着一束束百合花。这里面也有董颖的一份心意。董颖那双忧伤而美丽的大眼睛，盈满泪水。

记忆是残酷的，也许永远都抹不去。年轻的董颖将会永远活在感动和怀念中，生命因此而圣洁与美丽。

感激偶然的奇遇

生命与生命的相逢是一场偶然得不能再偶然的奇遇。在大自然的怀抱里，无论两个灵魂看起来是多么不相干，他们都可能获得最珍贵的东西——一份持久的、值得珍惜的友谊。

有一个美丽的故事，它告诉我们，生命与生命的偶然相遇也是一种恩赐，为此，我们也应永远心怀感激：

12 岁那年，我们家迁至英格兰，这是我小小年纪中的第四次大搬家。我父亲的工作要求他每几年就得出国一次，所以我也习惯了和朋友们的分离。

我们在伯克夏租了一座 18 世纪的农舍。附近是古城堡和神圣庄严的教堂。然而，我喜爱大自然，所以最让我欣赏的是我家周围没有尽头的、交互镶嵌的农场和林地。我家后院篱笆外是一个深邃的林子，林中的小路四通八达，散步时经常可以遇见野鸡飞进前方茂密的月桂树林和蕨丛。

我的大部分时间都是在林子和田野间独自游逛，做白日梦、收集虫子和看鸟。这是一个男孩的天堂，但却是个孤独的天堂。我不与人交往是在逃避，以免产生在下次搬家时又不得不割舍的感情，但这却助长了我孤独的天性。

春天的一个下午，我在一个池塘边徘徊。我悄然行进，以免惊动乌鸦或喜鹊，它们会大声提醒其他动物躲起来。

也许是因为这样，我差点撞到了一个满头银发的老太太，她和我一样吓了一大跳，她屏住呼吸，本能地用手捂住嘴。然后，迅速反应过来。她微微一笑表示欢迎，使我马上安下心来。

一个高倍望远镜挂在她的脖子上。她说："嗨，小伙子，你是美国人还是加拿大人？"

我匆匆解释道，我是美国人，住在山丘的另一边，我正要回家，所以再见。

我正要转身时，那妇人微笑着问我："你看到那里的一只小猫头鹰了吗？"她指向林子的边缘。

她知道猫头鹰？我觉得有意思。据一些刻薄的同学说，只有像我这样的"抽筋者"（英国人称呼观鸟者的俚语）才有鸟的知识。

"没有。"我回答。

那妇人笑了。她说："是的，它们很警觉。不过，话又说回来，自从它们来到这儿，猎物看守人就常常枪击它们。它们是入侵者，你知道吗?不是土生的。"

"它们不是土生的吗？"我问道，我被吸引住了。任何懂得这类事情的人肯定是很"酷"的——尽管她擅自进入我的特殊领地。

她又笑了。"哦，不是的。在家里我有鸟类方面的书解说所有关于它们的问题。实际上，"她突然说，"我正准备回去喝茶和吃果酱饼，你愿意和我一起去吗？"

人们告诫过我别跟陌生人走，但，不知怎么的，我觉得这位老太太

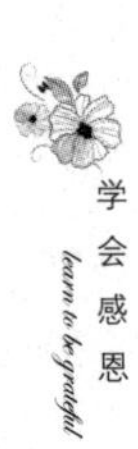

不会害人。

“我是罗伯逊·格拉斯哥太太。”她自我介绍，伸出一只纤细而玲珑剔透的手。

“迈克尔。”我说，笨拙地握住她的手。

我们起程了，老太太大步向前，步伐轻快得出人意料。她告诉我，大约 10 年前，她当大学教授的丈夫退休后，他们是如何搬到伯克夏来的。“他去年去世了。”她说，脸色突然忧郁起来，“所以我现在单身一人，有时间在田野里散步。”

不久，我看见一幢小砖房在西斜的太阳下泛着粉色的光芒。罗伯逊·格拉斯哥太太开门邀请我进屋。我环顾四周，无声地赞赏屋中那一大排书架，前面是玻璃柜子中装着的象牙、乌木及石头的雕像，还有装满化石的陈列柜，苔藓和羊齿植物蔓生的玻璃饲养箱，一盘盘的蝴蝶标本及最妙的、一打左右的鸟类标本，包括一只有点虫蛀、玻璃眼的雕鸮，斜倚在金属丝做的栖枝上。

我所能说的只是一声“哇”！

“你妈妈会在某一钟点等你回家吗？”她一边倒水沏茶一边问道。

“不会。”我撒了谎。偷眼看一下钟，我补充道，“也许 5 点吧。”这使我差不多有一小时时间，但这还不够我问清屋里的每一样东西。在喝茶和吃果酱饼的时候我听说了各类事情——如何沿着人们走的小路在卵石里寻找成为化石的海胆，或者如何才能知道附近有没有榛睡鼠。

一小时过得太快。罗伯逊·格拉斯哥太太差不多是把我推出了门。不过她让我带走了两大本书，一本满是鸟类的精美插图，一本是蝴蝶和其他昆虫的。我保证下个周末一定把书还给她。她微笑着说她希望这样。

我交到了世上最好的朋友。

我还书后，她借给我更多。以后，我几乎每个周末都去见她，而我的自然史知识逐渐开始充实。在学校里，我赢得了同学们的某种敬意，甚至学校里的小流氓也把他找到的（或者更可能是他打的）秧鸡拿来让我鉴定。

时光流逝，我没有注意到她越来越衰弱，而且不那么爱笑了。亲近有时会使人们实际上视而不见，因为你发现自己是向心说话而不是向脸孔说话。我以为她是孤独的，却不知道她是病了。

开学之后，我开始很快地长高。我玩英式足球并交到了一个好朋友。但在周末我仍去小屋坐坐，而那儿永远有新鲜的黄油甜酥饼。

一天早上我下楼去厨房，突然发现桌上那个熟悉的饼干罐。我母亲以不寻常的温柔注视着我。她把手放在饼干罐上："房东今早上送来的。"

我望着窗外，预感到可能发生了不幸的事情。

"我很难过，罗伯逊·格拉斯哥太太昨天去世了，去世前她托人把饼干罐留给你。"

母亲把手放在我肩上又说："你使她非常愉快，因为她很孤独。你很幸运能成为她这么好的朋友。"

我把罐子拿进我的房间，然后，匆匆下楼，冲出前门跑向林子。

我徘徊了很长时间，直到泪水被风吹干。这是春天——从我在树林遇到这位老太太已差不多有整整一年了。环顾四周，我认识到现在我知道了多少事情：我知道高高的草丛里哪里有对叶兰；我知道在丢弃了很久的饮马槽里找木龟、豉甲和蜻蜓的幼虫；而且我知道在卧房里有一罐世间最好吃的黄油甜酥饼，我可以去吃，品尝每一点碎屑，而这正是我

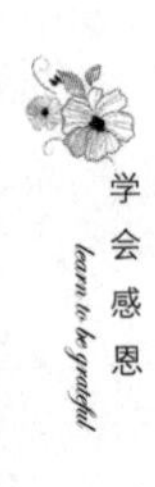

做过的事。

不过，我有更多的东西：生命与生命的相逢是一场偶然得不能再偶然的奇遇。在大自然的怀抱里，无论两个灵魂看起来是多么不相干，他们都可能获得最珍贵的东西——一份持久的、值得珍惜的友谊。

感激一生受用无穷的善

捧着鸡蛋的我伫立良久，一种奇妙、无法言喻的温暖感觉在我心中升起，为我驱散寒冷，使我忘记饥饿以及世上一切不美好的事情。我想，这就是爱的感觉。

谢谢您，不知名的妇人。您送给我的不只是一枚鸡蛋，而是一粒爱的种子，深埋在我心里，使我一生受用无穷。

苦难给予人们的体验是异常丰富、复杂的，苦难可以将人的恶膨胀到极限，也可以见证人世间最珍贵的真情与至善。为什么呢？有一个故事对此作出了注解：

走过三十几个春秋的我，体验了世间冷暖，却不曾放弃人性的至善和真情。因为有一个人，当我一想起她，心里就升起一种温暖的感觉。

1969 年的冬天，父亲带着 10 岁的我回东北老家探亲。我们必须在北京转车，为了在几分钟内赶上这班列车，并能在车上抢到一个座位，到达北京站后，我和父亲便拼命地奔跑。站台上人很多，当我笨拙地跟着父亲涌入人潮时，身上那件厚棉衣如枷锁般裹住了我的手脚，使我行动备感艰难。在这种情形下，急于上车的父亲把我忽略了，当我从人群中挤出缝能看清脚下的路时，父亲已从我的视线里消失得无影无踪。这

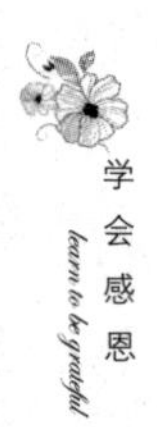

是我生平第一次出远门，我吓呆了，声嘶力竭地喊着父亲，直到近乎哀号，还是没有看到父亲的影子。

天色暗淡下来，喧嚣的站台已变得冷清。我无助地蜷缩在角落里，幻想着能有奇迹出现。等着等着，我渐渐昏睡过去。不知过了多久，一阵彻骨的寒风将我刮醒，我才感觉手脚都已冻麻，浑身打战，肚子咕咕直响——我已经一天没有吃东西了。饥寒交迫的我开始用乞求的目光捕捉人们的影子，希望大人能给我点儿东西吃。但人们三三两两从我面前走过，却视而不见，没有人肯拿出珍贵的干粮给一个素不相识的孩子。那时正值“文化大革命”，许多人在生死边缘挣扎，一切努力只不过为了挣一口饭吃。我还记得在家门口玩耍时，看到背着一只口袋，手里拿着破茶碗，衣衫褴褛、神情漠然的逃荒人。我和伙伴们飞快地跑回家，关上门，任凭他在门前哀求乞讨，我也没有把门打开，因为那时我们也常常吃不饱啊。

当我正为饥饿发愁时，一位中年妇人牵着她的小孩向我走了过来。我兴奋地喊：“阿姨！”然而当我看清楚他们的模样时，我的声音戛然而止。他们看起来比我更窘迫、更凄惨。妇人脸色极差，眼底布满血丝，身着满是补丁的旧衣服；被妇人牵着的少年骨瘦如柴，眼窝深陷，神情呆滞，小手冻得又红又肿。显然，他们也在逃荒。面对他们，我能指望什么呢？但妇人走到我的面前，温柔地问：“孩子，你怎么了？”我没有回答，她又疼惜地问了一句：“怎么一个人在这里？”我怯生生、答非所问地说：“我饿。”

我用乞求的眼光望着妇人，如同我家门前的逃荒人一样，我开始后悔，责怪自己不该将逃荒人拒于门外。妇人的一只手，缓缓伸向搭在怀里的一只口袋，但她的手在怀里停顿一下很快地又伸了出来，手上什么也没有。她看了看身旁的少年，无可奈何地说："俺们也好几顿饭没有吃了。"我绝望地掉下眼泪。"孩子莫哭。"妇人因我的眼泪而不安，如同一个没有满足孩子要求而恐慌的母亲。妇人又将手伸进怀里，双眼紧紧盯着我瞧，仿佛想起什么，手突然又停止了。她再回头看看她的孩子，眼中流露出慈祥的母爱光辉。最后她慢慢转过来，像作出重大决定般如释重负地说："孩子，拿去吧。"一只干枯的手托着一枚鸡蛋呈现在我的眼前，红褐色的皮，光洁圆润。我的手贪婪地伸了过去。"不能把鸡蛋给他，"妇人身旁的少年扑了过来，用双手紧紧护着母亲手中的鸡蛋，愤怒地说，"给他，我们吃什么？"妇人爱怜地抚摸着男孩的头，说："娃呀，给俺们饭吃的人好不好啊？"男孩乖巧地点点头。妇人接着又说："那俺们就将那个好心人给的鸡蛋送给他，就算是报答世上所有的好心人吧。"妇人不再顾忌孩子的不情愿，将他们唯一的食物递给了我。我颤抖地捧过这枚温暖的鸡蛋，感激地向妇人鞠躬，说："谢谢你，阿姨。"妇人憔悴的脸上露出一丝笑容："孩子，不要谢俺，俺不过是在传递好心人的一片心意。你以后能做个好心人就算是报答俺了。"说完，妇人便和少年缓缓离去。

捧着鸡蛋的我伫立良久，一种奇妙、无法言喻的温暖感觉在我心中升起，为我驱散寒冷，使我忘记饥饿以及世上一切不美好的事情。我想，这就是爱的感觉。

谢谢您，不知名的妇人。您送给我的不只是一枚鸡蛋，而是一粒爱的种子，深埋在我心里，使我一生受用无穷。

感激生命的再生之德

一张斑驳褪色的领养证从大哥的手里滑落到我双膝前。十几年里从我眼中喷发出去的复仇之光被历史的镜面反射回来，让我万箭穿心：我竟然把连生命都为我付出了的养父当成了我的杀父仇人！我竟然把大哥所给予我的无限关爱看成是他在替他的父亲赎罪！我竟然是一个恩将仇报的小丑！我究竟该如何偿还十几年的再生之德呢？

来自陌生人的关爱的力量确实是巨大的，大得让我们的灵魂震颤。他们不仅为我们献出了生命，而且还以自己的付出塑造了我们的一生。对于这样的恩情，我们只能以再生之德来形容之，此外别无他语。有一个真实的故事，就再现了人世间这一动人的情景：

接到大哥汇来的600元生活费，我的心里涌起一股复仇的快感。他经营的罐头厂已摇摇欲坠，我还在狮子大开口逐月提高消费标准（其实是在攒钱买手机），而他从不敢懈怠。料想他就是砸锅卖铁也得供我读完大学，正所谓父债子还！

大哥与我没有任何血缘关系，我这么叫他很有些“口蜜腹剑”。因为我一直在伺机报复他，谁让他父亲——那个收养我8年的男人去年突然死去了呢？他是我的杀父仇人！他们收养我只是为了替自己的良心赎罪，可即使把我培养成博士后也不能换回我父亲的生命!

父亲在我记忆中只剩下模糊的影像，却常常提着渔网虾笼一身腥味地出现在我梦中。父亲是我唯一的亲人。在我7岁那年，父亲说要去50里外的黄海边挣钱给我买“军舰”。他把我寄养在邻居沈阿婆家里，就与几个同乡出发了。谁知，这一去再也没回来。

许多天后，村里来了一位陌生的男人。村干部把我领到他面前，让我跟他回家，做他的养子。几个与父亲一起赶海的叔叔、大哥偷偷把我拉到一边告诉我：“就是这个人害死了你爸爸！”

我带着认贼作父的耻辱离开了贫穷的小村，成了黄海边上那个渔村的新村民。养父对我倒是很好，可我总以为这是假心假意。我总是惊恐地躲着他，有时他把好东西留给我而不给自己的儿子吃，我便以为这里面一定有毒。他的儿子比我大10岁，正在城里读高中，“大星期”才回来一次，每次都会给我买一只小青蛙之类的玩具。我终究在情感上被他俘虏了去，尤其是当我面对他送我的一只军舰模型时，我的眼睛“刷”地亮了，并第一次叫了一声“大哥”，把他们父子高兴坏了。

大哥高中毕业后便回来帮助养父料理滩上的事，我则背起书包走进校园。父亲之死始终像个解不开的疙瘩在心头盘踞，随着时间的推移，我极为早熟地想到，只有认真读书出人头地，才能为父报仇。我至今也无法解释为什么在那么小的年纪便有如此坚定不移的仇恨。

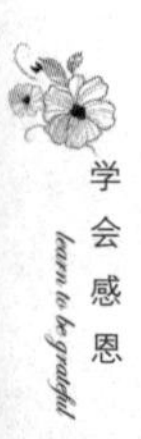

光阴荏苒，我已临近高考。大哥经常来校看我，送些养父给我做的蟹黄羹给我下饭，并给我一些钱说：“这是爸爸让我给你的，叫你多买点营养品，别亏了身子。”可是这些话从他嘴里到达我心里时，早已变了味。大哥后来几次来看我，老是提填志愿的事。他建议我填报化工专业，因为家里办起了私营罐头厂，专门生产瓶装醉螺，学后一定可以派上大用场。我答应了。其实我心里想的是，我要是能将醉螺腌成同行中的极品，一定另攀高枝，打垮我这个家庭作坊！

等待发榜的日子百无聊赖。大哥押着一车罐头进城去了，养父让我到自家承包的滩头看看，说偷蛳螺的人很多，要我帮他照应照应。我完全是为了打发时光才跟随养父到滩头去的。一百多亩沙滩此时已是一片流金的海洋，肥硕的蛳螺像水泡的蚕豆一片乌青地覆盖在滩面上。几十个人手提蛇皮袋正弯腰捡拾，养父说，这些都是雇工，到中午按斤付酬，但也有小偷乘你不备混进来，捡满就自己跑到小贩那里去卖……我漠然地听着他絮絮地讲述。看他虚胖的身子在滩头晃来晃去，海风吹散了他稀软的头发，光亮的秃顶似在诉说繁花落尽的凄凉。我并不关心收成的好坏，只在心里盘算着，待我学有所成出人头地后，我一定要为父亲讨回公道，然后远走高飞。

遗憾的是，我还没来得及“复仇”，养父就死了。因为我如愿收到了化工学院的录取通知书，他兴师动众大宴亲朋。席间，他抑制不住内心的激动，频频向客人敬酒，还不住地夸我：“别看他打小不爱说话，是个‘闷才’呢！”大哥劝他：“少喝点，你有高血压。”养父把酒瓶一举：“咱家出了大学生，喝死也值！”在那次醉酒之后，养父一病不起，不久就去世了。

喜事变成丧事，我有一丝伤感，毕竟养父的喜悦是真心的。我欷歔不已，这眼泪源于一种复杂的感情。但这足以迷惑大哥，他蟹钳一样有力的大手把我的双手握在掌心，红着眼圈儿说：“小弟，大哥不会让你受一点苦，你放心。”

养父的暴毙使罐头厂难以正常运作。以前大哥主管营销，对于生产尚不是行家里手，现在只能交给一帮工人去折腾了。那些工人鼠目寸光，为提高生产速度多混点工资而不惜减少生产环节，最终砸了自己的饭碗，也坑了罐头厂。春节时，那些醉螺被大哥全部销往某集团公司当做职工的福利。数千人食后引起腹泻。经卫生防疫部门检测，这批醉螺的细菌数量严重超标，系发酵时间不足，密封程度不够，消毒措施不当所致。电视屏幕上出现了我们的罐头商标的特定镜头，然后记者用痛心的表情采访那些不幸的职工，再义愤填膺地面对镜头痛斥“不法商家”的滔天罪行……眼见一场官司压顶而来，数千人的医疗费、营养费、误工费赔得大哥一文不名。

我有些扫兴。我宁愿大哥富有，尽管我从未对他有过手足情。

我不再关心大哥的命运沉浮，只心安理得地花着他的钱，在大学校园里做大款状，揿动手机，呼朋唤伴。后来，寒、暑假我也不回去了，我告诉他我在搞“社会调查”，大哥便按我的需要如数如期地给我寄钱，还在附言栏里写上“注意身体”、“好好保重”等字样。

毕业前夕，我终于与一家合资公司签下了聘用合同——既然大哥已经垮了，我又何必在那个小渔村浪费自己的青春和才干。再说，我对那些罐头也丝毫不感兴趣。

我是带着嘲笑的心态回去跟大哥告别的。我在滩头找到了大哥，他正忙着照料雇工捡蛳螺，过秤记账。两年不见，大哥的外形有几分闰土的样子，有几根白发毫无顾忌地在他的平头上挺立。大哥见了我连忙停下手中的活计，上上下下打量我，眼睛里闪过惊喜，然后婆婆妈妈地把我搂进怀里说：“小弟，你可回来了！”我面无表情地挣脱了他。大哥开

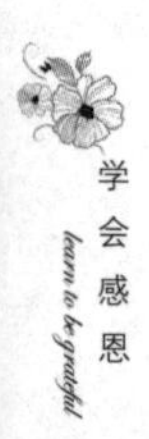

始向我讲述这两年的坎坷，讲上次出事以后，厂里怎样资金短缺而一直被迫停产，讲他这两年怎样单打独撑经营滩面积累资金，讲他心中重新注册商标把罐头厂救活让我出任厂长的打算……

“你做梦！”我咆哮着打断他的讲述。我忽然想起了不明不白在这里死去的父亲。“你不要以为你30多岁不结婚，你花那么多钱供我上大学是有恩于我，你是在替你父亲赎罪！”正在这时，腰间的BP机响了。我一看，就掏出手机，又不忘说了句：“对了，这些你都没有的东西我也有了，是你的钱买的，现在，我得用它给女朋友回个电话……”

“够了！”大哥的喉结突突地颤动，脸上的表情愤怒而悲凉。海风渐渐地猛烈，他身上的防水衣猎猎作响，海鸥在空中凄厉地叫喊起来。远处传来阵阵涛声，拾蛳螺的人们纷纷撤离。大哥说：“你听见了吗？这是子午潮，很快我们的脚下就是一片汪洋，你父亲就是被潮水卷走的——和我的母亲一起！”

我的心猛一紧缩，大哥的脸上霜一样的冰冷。潮水已在视线里一跃一跃地向我们涌来，大哥拉起我向家的方向狂奔。

大哥第一次打了我，从我的膝盖后面一脚踢来，我应声跪地。大哥从箱子里取出两幅照片挂在墙上，一幅是养父的，另一幅一定是那个与我父亲一起遇难的女人。大哥指着这两幅照片说：

“13年前的夏天，我父亲忽然在自家雇工的队伍里发现几个偷蛳螺的外乡人，就把他们送进了派出所。其中一个还没结过婚，在家里领养着一个7岁的孩子。他们挨了派出所的打，那个7岁孩子的养父被打伤了左腿。我父亲的心又软了。出于同情他又把他们几个带回来，把他们算做雇工，按劳付酬。那时我母亲也每日在滩上照料，有一天也是涨子午潮，在撤离的过程中，那孩子的养父摔了一跤，把已经到手的蛳螺撒了一地。他舍不得放弃，停下来想一颗颗重新捡起，被我母亲发现了，转回头来拉他快走，而他却又在地上抓了几把才一瘸一拐地被我母亲拖走，可是，潮水已汹涌而至……后来我父亲不放心那个孤苦伶仃的孩子，去找了那里地方上的干部，取得了抚养这个孩子的权利……呶，这是领养证。你走吧！”

一张斑驳褪色的领养证从大哥的手里滑落到我双膝前。十几年里从我眼中喷发出去的复仇之光被历史的镜面反射回来，让我万箭穿心。

“大哥，你为什么不早点告诉我？”我跪抱着大哥的双膝，哀嚎着把无地自容的脸藏在他沾满海腥味的防水衣里。

“因为，他是你的父亲，而‘小偷’会影响他在你心中的尊严。”大哥悲极而泣……

当天，我在养父母的遗像前点燃那份合资公司的聘书，按家乡的风俗行了叩地大礼。我知道我再也无法走出黄海边上这个小渔村了，包括我的青春和志向。

及时地说一声“谢谢”

我想，即使我们没有及时向帮助我们的人表达感激之情也没有关系，关键是不要忘了在有机会时第一时间说出来：谢谢你！

我总想，在人生的道路上，不管你是热衷于单枪匹马做“孤胆英雄”，还是喜欢天马行空、独往独来，总脱不了你所处的社会环境和自然环境，你的每一项成功都是由来自人的、自然的种种力量的合力所致，都是在爱情、亲情、友情的烘托下取得的，因此你应该感谢一切帮助你的人和事物。我国历来就讲究养育之恩、知遇之恩、培养之恩、提携之恩、救命之恩等等，提倡“知恩图报”，“滴水之恩，涌泉相报”。古人说“施人慎勿念，受施慎勿忘”，也就是这个道理。世界上许多文明古国都讲究感恩，只有 200 多年历史的美国还有一个合家共庆的感恩节。

美国的感恩节始于 1621 年，那年秋天，远涉重洋来到美洲的英国移民为了感谢上帝赐予的丰收和印第安人的帮助，举行了三天狂欢活动。从此这一习俗就延续下来，并风行各地。1863 年，美国总统林肯正式宣布感恩节为国定假日。于是，美国人每逢 11 月的第四个星期四都要隆重庆祝一番。这一天，全家人围坐在餐桌旁，面对有火鸡、南瓜派的丰盛大餐，进行餐前祈祷和感恩。这时，每个人都会怀着感激之情细说值得他们感恩的事。现在，在许多美国人的心目中，感恩节是比圣诞节还要重要的节日。实际上，美国人的感恩心态在平时就表露得十分充分。很多到过美国的人都深有体会，不管你在什么场合，“谢谢你”、“非常感谢”总是不绝于耳。因为他们深知，说声“谢谢”不仅使世界上的另一些人感到快乐，而且也使自己心情舒畅。如果你感到受冷落、遭抛弃、被爱情遗忘、被友谊背叛，就应尝试先向别人伸出热情的双手，这可能是使你精神振作所需之良药。

有一位美国医生，他给那些受焦虑、忧愁、挫折或自我怀疑折磨的病人开了一个独特的处方，称之为“谢谢你疗法”。他要求患者无论何时何地、无论何人对你表示关心时都说声“谢谢”，并强调要面带微笑，这样坚持 6 周。结果大多数病人的症状在 6 周内得到明显改善。

美国人的感恩心态也激发了他们助人为乐的精神。有一个人就曾这样讲述道：我们在美国逗留期间，一次驱车外出，不料车在交通要道熄了火，一时发动不起来，正着急时，一位年轻的卡车司机走过来问，“我帮你们拉到路边好吗？”把车子拉过去后，他和我们聊了几句就若无其事地走了。我们只知他是从外地来谋生的。在帮了我们大忙之后，他只带走了几声“谢谢”，不要丝毫钱财报答。我侄女刚到美国时，看到报上有人愿意免费教授英语的广告后，便与那位退休老师联系上了。以后每周四上午这位老人就驱车前往我侄女的住处教她听讲英语，有时还带去录音带帮她练习。一次我侄女病了，老人还给她捎去一些药。久而久之，两人成了跨越国籍的忘年之交。

然而生活在当今时代的我们，不管是到了“不惑之年”、“知天命之年”，还是意气风发的青少年，总觉得父母的抚养、老师的教育、同事的支持、朋友的鼓励、另一半的关爱都是应该的、天经地义的，因而知恩不报、受恩不谢。极端者甚至如报上所说：

一位老师向班上的学生询问有谁知道自己母亲的生日时，竟没有一个孩子能说出母亲的生日，而问到他们自己的生日，却没有一个是不知道的。在他们心目中自己是理所当然处在最重要的位置，而对他们父母的养育是麻木的。难怪今天有不少年轻人，他们在生活中表现出来的脆弱让人吃惊，他们不仅不能克服学习生活遇到的困难，就连周围环境也适应不了，如此，又怎么能够担当起社会建设者的重任?

一个不知道感恩的人，只能是一个自私自利的人，一个不知道感恩的社会，只能是一个自私自利的社会。其实，每个人在生活中给予我们关心和帮助的时候，他们其实并不奢望什么。但我们为什么就不能对人家说一声“谢谢”呢? 如果连最起码的感恩之心都没有，一个人又怎么能融入社会，一个社会的稳定、祥和与幸福又怎么能有根基?

因此，是应该让我们补习感恩的时候了：感谢生活中的每一点关心和帮助，感念社会的每一点给予。一次我去看望一位几十年前的小学班主任，向她表达久藏在我心中的谢意时，只见她眼里闪着激动的泪花。我想，即使我们没有及时向帮助我们的人表达感激之情也没有关系，关键是不要忘了在有机会时第一时间说出来：谢谢你!

感恩 是真诚的奉献与付出

帮助别人是一种幸福

过去我也能帮助别人。而现在每个人都来帮我，为我做饭，送我到我要去的地方。我不是不想感激，而是没有了机会。但是那晚，在我下楼去取信时，我在心中祈求上帝，让我再像正常人那样感受到帮助别人的快乐吧。然后，你走了过来……

帮助别人是一种幸福，许多人或许不相信。然而当你体会到奉献与付出就是一种感恩的时候，你所体验到的幸福，就将如故事中的格林夫人所体验到的那般真切：

我刚搬进纽约市布鲁克林区的一幢公寓楼里。我注意到在住户的邮箱旁贴了一张布告，上面写着："对格林夫人的善举：愿意每月接送两次住在3B室的格林夫人去医院做化疗的人请在下面签名。"

因为我不会开车，就没有签名，然而"善举"一词却一直在我脑海里盘旋。这是希伯来语，意思是"做好事"，依照我的祖母的理解，它还有另一层含义。因为她发现我很羞涩；总是不愿意请别人帮忙，于是她就常对我说："琳达，帮助别人是一种幸福，允许别人帮你的时候也是一种幸福。"

一天傍晚，大雪纷纷扬扬下个不停，上课的时间也快到了，我只好

披上厚大衣向公交车站走去。虽然从我家到车站没多远，但是在这种暴风雪的天气里，那简直就是长途跋涉。我用祖母为我织的蓝围巾把脖子围紧，耳边似乎响起了她的声音："你为什么不看看是否能搭个便车呢？"

一千个反对的理由跳进我的脑海：我不认识我的邻居，我不喜欢打扰别人，我觉得请人帮忙很可笑。强烈的自尊心不允许我敲开别人家的门。

我继续艰难地向公交车站走去……

三周后的一天晚上，我们要进行期终考试。那天雪下得很猛，我在车站等了很久汽车还没来，我终于放弃了。在返回公寓的路上，我问上帝：我该怎么办啊?

当我把围巾拉得更紧时，我仿佛又听到祖母在说：向某位司机请求搭个便车，那不是什么坏事！祖母的劝说对我从未有过意义，何况，即使我想请人帮忙——其实我并不想那么做——旁边也没有人。

然而，当我推开公寓楼门时，我差点和站在邮箱旁的一位夫人撞个满怀。她穿了件褐色的大衣，手里拿了一串钥匙——显然，她有汽车，她正准备出门。就在那一刹那，绝望战胜了自傲，我脱口而出："您愿意让我搭个便车吗？我从没向别人这样要求过，可是……"

那位夫人露出一副惊讶的表情。"噢，我住在 4R 室，刚搬来。"我赶紧解释。"我知道，我见过你。"然后，她毫不犹豫地说，"当然，我愿意让你搭车，我上楼拿汽车钥匙。"

"你的汽车钥匙？你手里拿的不是车钥匙吗？"我看着她手里的钥匙问道。"不，我只是下楼来取信，不过我很快就回来。"说完她就向楼上走去。我急忙叫道："夫人！请等等！我并不想勉强你出门，我只想搭个便车！”但是她很快就消失在楼梯拐角处。我觉得自己很窘，然而一路上，她温暖的语调很快让我平静下来。“您使我想起了我的祖母。”我感激地说。

听完我的话，她的嘴角露出了一丝微笑：“就叫我艾莉丝奶奶吧，我的孙子都这么叫我。”

她终于把我送到了学校，我的期终考试顺利通过了，而且，请艾莉丝奶奶帮忙对我而言是一次突破，这使我以后能轻松地问别人：“有人和我同路吗？”实际上每晚都有三个同学开车从我家经过。“为什么你不早说呢？”他们几乎是异口同声地问。

回到公寓楼时，我正碰上艾莉丝奶奶从邻居家出来，“晚安，格林夫人！”那位邻居说。

格林夫人——那个患了癌症的女人！“艾莉丝奶奶”是格林夫人！我站在楼梯上几乎说不出话来，我所做的事情简直是不可饶恕的：我居然要一个与癌症作斗争的病人冒着暴雪送我去学校！“噢，格林夫人，”我结结巴巴地说，“我不知道您就是格林夫人。请原谅我！”

我拖着沉重的脚步向家走去，我怎么能做出这种事情？几分钟后，有人敲我的房门——是格林夫人。

“我可以跟你说句话吗？”她问。我点了点头，请她坐了下来。“我以前也很强壮，”她说，然后，她哭了，“过去我也能帮助别人。而现在每个人都来帮我，为我做饭，送我到我要去的地方。我不是不想感激，而是没有了机会。但是那晚，在我下楼去取信时，我在心中祈求上帝，让我再像正常人那样感受到帮助别人的快乐吧。然后，你走了过来……”

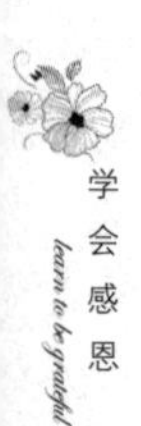

感恩之心

感恩之心是一颗美好的种子，假如我们不光懂得收藏，还懂得适时播种，那么我们就能给他人带来爱和希望，并因此挽救他们，或是改变他们的内心世界。

在美国，感恩节是个快乐的日子。可在许多年以前，有一对年轻的夫妇却是以绝望的心情迎接它的到来，因为他们太穷了，想都不敢想节日的“大餐”。看着心情糟透的父母大吵起来，儿子只能无助地站在旁边。正在这时，响起了敲门声。男孩看到门外站着一个满面笑容的男人，手里还提着一个大篮子，里头装满了各式各样过节用的东西。这家人一时都不知道究竟是怎么回事。

那人说：“这份东西是别人让我送来的，他希望你们知道还有人在关怀和爱着你们。”看着这份陌生人送来的礼物，夫妇俩推辞着。可那人把篮子搁在男孩子的臂弯里就转身离开了，临走时还留下一句温暖的话语：“祝感恩节快乐！”

感恩之心在男孩的心底油然而生，他暗暗发誓：日后也要以同样的方式去帮助别人。

18 岁那年，男孩终于可以养活自己了。虽然他的收入很少，可在这年的感恩节，他还是花钱买了不少的食物，装做一个送货员，把这些食物送给了一个很穷的家庭。当他走进那个破落的房子时，前来开门的妇女警惕地盯着他。他对那位妇女说："我是受人之托来送货的，请你收下这些东西吧。"说着男孩从他那辆破车上取下了那些食物。孩子们高兴地欢呼了起来。"你是上帝派来的使者！"那妇女语无伦次地说。男孩忙说："不，不，是一个朋友托我送的，祝你们快乐！"说完他把一张字条交给了这位妇女。字条上写着："我是你们的一位朋友，愿你们能过个快乐的节日，也希望你们知道有人在默默地爱着你们。今后如果你们有能力，请同样把这样的礼物送给其他需要帮助的人。"

这个年轻人怀着一个美好的心愿生活着、奋斗着，终于成为一位影响了许多美国人心灵的大师。他的名字叫罗宾。

每个人在生活中，多多少少都得到过别人的帮助，接受过他人的恩惠，可我们是不是都用心记住了这些，并因此多了一分感恩之心呢？其实，如果我们能怀着感恩之心面对生活，那么即使处在最困厄的环境里，我们也能看到生命的绿洲，从而怀着更多的希望面对未来。感恩之心还是一颗美好的种子，假如我们不光懂得收藏，还懂得适时播种，那么我们就能给他人带来爱和希望，并因此挽救他们，或是改变他们的内心世界。

致谢之旅

我答谢他的时候，他只轻描淡写地说：“那是我们一贯的处事方式。”他的妻子站在他身旁，用围裙揩拭着双手，面露微笑。

好人有如涟漪，能激发他人仁厚待人之心！

好人有如涟漪，能激发他人仁厚待人之心！真诚的付出犹如磁环，能吸引所有乐于助人的心灵！如果你对此心存怀疑，那么，就请随故事中的主人公一起去体验一次致谢之旅：

我年轻时，在佛蒙特州南部的国家森林遇过这样一件事，有个陌生人倒车撞到了我的车子。他留了个字条，字迹工整，写道：“恭候来电。”旁边有个电话号码。

我到那个人的农庄，在他家厨房里交换了彼此的汽车保险资料。那次会面的情形一直留在我的记忆里。我答谢他的时候，他只轻描淡写地说：“那是我们一贯的处事方式。”他的妻子站在他身旁，用围裙揩拭着双手，面露微笑。

“那是我们一贯的处事方式。”多年来，那人的话常在我脑海中浮起，他们品格高尚，仁厚待人，秘诀在哪里呢？我决定再去找他们一叙。

我自己做了个大黄馅饼，面上饰以格子图案，放在车子后座，然后驾车前往佛蒙特州南部。

我驶进了国家公园，尽量回想他们住在什么地方，但始终想不起来。我向公园管理员描述他们的农庄的模样：有个石头造的粮仓后面种了些苹果树；有一大片向日葵，农庄门前长满了飞燕草、蜀葵和毛地黄。他向我咧嘴而笑。“这个州有四分之三的地方都像你所说的那样。除非你能给我一个名字……”

我没有。

“这一带有很多像你所说的那样的人。”有个男人肯定地说，然后继续与一群栗色皮肤的比利时人一起整理草料。

数小时后，我驶进一处野餐地区。那里有条小溪，溪水冰凉，溪旁有一棵高大的木松。我得承认此行是徒劳往返。

“小姐，可以帮个忙吗？”

是个陌生人。他把汽车钥匙锁在了汽车行李厢里，问我可不可以帮他打电话找个锁匠，或者载他一程到镇上。

他太太过来自我介绍，然后告诉我说她丈夫是植物学家，原来在宾夕法尼亚州一所小学校任教，刚退休不久。他们正要往北走，去搜集羊齿植物。我让他们上了我的车，一路上她聚精会神地望着窗外，她的丈夫则不断地谈论植物，直至抵达切斯特。他指着路旁一些黑花心的花说：“黑心金光菊。”又说：“在那边山坡上的是美洲楼斗菜。”

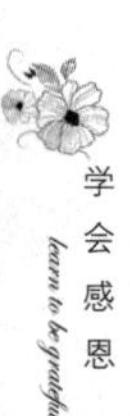

锁匠开锁的时候，植物学家夫妇和我围着野餐桌坐下，分享我的大黄馅饼。“这馅饼是用食用大黄做的。”他喜悦地说，然后面露缅怀往事的神情。

我告诉了他们我此行的目的，并且说我这一趟是白跑了。“真想不到。”他一面说一面拍拍自己的肚皮，把钥匙弄得叮当作响。

“你实在是大好人，”他太太说，“这个年头没有几人会……”

我没有让她讲完。当时我们站在清凉的松荫里，我轻描淡写地说：“那是我一贯的处事方式。”

真实的善良

最真挚的奉献与付出是什么？最真挚的奉献与付出来自灵魂深处最真实的良善，最真挚的奉献与付出是一种对苦难生命的由衷的关怀。

最真挚的接受是什么？最真挚的接受是心受，最真挚的接受是内心里由衷的感动。

作家梁晓声曾讲过一段经历，对于我们理解究竟什么是真诚的奉献与付出，或许别有助益：

有一个时期，我因医牙，每日傍晚，从北影后门行至前门，上跨街桥，到对面教育印刷厂的牙科诊所去。在那立交桥上，我几乎每次都看见一个残了双腿的瞎老头儿，卧在那儿伸手乞钱。其中有三次，看见一个老太婆，在给那瞎老头儿钱。照例是十元钱和一塑料袋儿包子。过街桥上上下下的人很多。不少人便驻足望着那一情形，但是没人掏出自己的钱包。有一天风大，将老太婆刚掏出的十元钱刮到了一个小伙子脚旁。他捡起，明知是谁的钱，却若无其事地往自己兜里一揣，扬长下了跨街桥。所有在场的人，都从桥上盯着他的背影看。我想他一定能意识到这一点的，所以没勇气回头也朝桥上的人们望。

瞎老头问老太婆："好人，你想给我的钱，被风刮跑了吧？那也算给

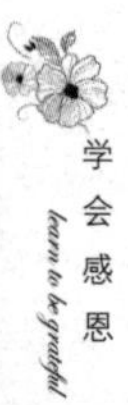

我了！我心受了！”老太婆说：“是被风刮跑了。可已经有人替我捡回来了！给！……”

我认识那老太婆。她从早到晚在离桥不远的地方卖茶蛋。我想她一天挣不了几个十元钱的。

于是，几乎每个驻足看着的人，都默默掏出了自己的钱包。

那一天我没去牙科诊所。因为我也把钱给了那个瞎老头儿。

后来那瞎老头儿不知去向了。

而那老太婆仍在原地卖茶蛋。

有一天我经过她跟前，不由自主地停下脚步买她的茶蛋。我不迷信，可我似乎觉得她脑后有光环闪耀。

我问她：“您认识那老头儿？”

她摇摇头，反问我：“可怜的老头儿，他哪儿去了？”

我也只有以摇头作为回答。

她长长地叹了口气。我从中顿时感到一种真真实实的善良，仿佛从这卖茶蛋的老太婆心里作用到了我自己的心里。

自救即是给予

“我常教育儿孙，不靠天不靠地，自己的事自己干。能助人时要助人……”

顿时，一种自救即是给予，而且是一种高贵的给予的精神感动了我。这种精神屹立于天地之间，它是一种活着的尊严，一种对清贫的满足和感恩。

去年，县民政局下乡扶贫。记者随行采访。人们来到全县最贫困乡的一个村，村长领他们来到村中一位老太太家。据村长介绍，这位老太太70多岁了，原来有两个儿子，大儿在部队牺牲了，小儿有痴呆症，和一个比他更痴呆的女人结了婚，生下了同样痴呆的一儿一女。全家的生活就靠老太太维持着。

来到她家，人们都惊呆了。她家有三个窑洞，一个是住房，一个是灶房，另一个养着猪羊，院子打扫得清清爽爽，洁净的地面上连一片落叶也不曾见到。村长说老太太这人爱干净，一辈子都是这样。今天她的儿孙们都在，他们虽然穿着破旧，可洗得干干净净。村长介绍说，老太太很刚强，以前多次拒绝救济。她说：“我一家吃穿该由我自己挣，怎能靠政府养活？”

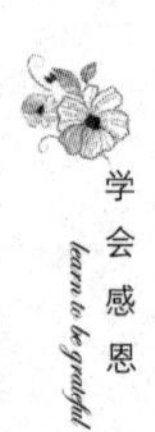

民政局长问：“大妈，快过年了，过年的东西都备齐了吗？”老太太爽朗地答道：“好了，都准备好了。”民政局长再问：“都准备了什么呀？”老太太答道：“现在还有两碗白面，又买了半斤肉，另外，还有三个鸡蛋，我也不卖了，都留着过年吃。还给小孙子一人买了一盒鞭炮。都准备好了。不劳政府操心了。大年三十晚上我就能包肉饺子了。”

听完了老太太的回答，人们的泪水都流了出来。

民政局长又说，我们代表政府送来一点钱粮，虽然不多也是政府的一点心意。老太太摇摇头道：“不用救济我了，我还过得下去。我家除了这些东西，还有一点钱。真的有钱，不用救济我。”民政局长坚持让她把钱拿出来让大家看看，她颤巍巍走到一个碗柜前，打开柜子拿出一个包袱，从包袱里拿出一个钱袋。那钱袋被里三层外三层地包裹着，解开钱袋，随着一阵稀里哗啦声，倒出来一小堆硬币，最后飘出几张一角两角的毛票，总共也就 10 元左右。老太太爽朗地说：“你看，我有钱，不用政府救济。”

一位女记者失声痛哭，捂着脸跑了出去。

后来人们纷纷掏钱给老太太，老太太却说：“我常教育儿孙，不靠天不靠地，自己的事自己干。能助人时要助人……”

一位记者说，这事过去一年了，可那位刚强的老太太却至今仍让他记忆犹新。她让人们感动于一种精神，感动于自救即是给予，而且是一种高贵的给予的精神。这种精神屹立于天地之间，它是一种活着的尊严，一种对清贫的满足和感恩。我想，老太太是会永远让人们感动的。

无价的付出与感激

许多看似平常的东西却往往是无价的。因为它往往是生命奉献的见证，是人间真情的缩影，是真诚感恩的标志。它是任何金钱所无法买到的，它只能靠无私的奉献与付出才能换取。

怀特先生是个买卖人，他的人生目标就是赚钱，只要能赚钱，手段永远是次要的。为了钱他曾出卖过朋友，欺凌过弱者，甚至牺牲过儿女的幸福。几十年下来，他虽然赚了几十辈子都花不完的钱，却成了一个孤家寡人。

怀特先生家门口有个小邮箱，由于长年不用，早已锈迹斑驳，用钥匙也打不开生锈的锁，因为没有谁会给一个唯利是图的奸商写信。不过对此怀特先生可一点也不在乎，他很清楚自己的财富时刻都在以令人瞠目的速度增值，何况还有那么多人为了钱而拜倒在他脚下，有这些就够了。

有一天，怀特先生隔壁搬来了一位新邻居，赶巧的是那新邻居竟也叫怀特。听说他曾在国外当医生，刚退休回到伦敦。据怀特先生观察，这位怀特医生不过就是个庸庸碌碌的小老头，平日靠摆弄庭院的花草打发时间。

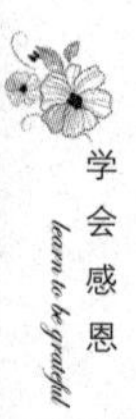

怀特医生来的第一天，邮差在他家门口安了个邮箱，跟怀特先生家门口那个一般大小。信件紧跟着就源源而来了。由于信件很多，没过多久，邮差为他换了个更大的邮箱。随着信件的到来，怀特先生的麻烦也来了。一些寄给怀特医生的信被误投进怀特先生的旧邮箱里，而且寄来的不仅仅是信，还有礼品。这样，怀特先生的管家不得不换下那生锈的锁，把邮箱重新刷一遍油漆，而且还一趟趟地将误投的信、物交还给隔壁的怀特医生。其实两个怀特有着不同的姓，但偏偏那些信封上的收信人只写了“怀特先生”，外加门牌弄错，不误投才怪呢。

晴朗的午后，怀特先生偷偷站在窗口看着隔壁的怀特医生从自家邮箱里取出信件，然后乐滋滋地阅读那些远方来鸿。怀特先生心里不禁愤懑：凭什么是他？他算老几？渐渐地，这种愤懑变成懊恼。

一天，邮差带着一件邮寄包裹来到怀特先生家，那是件长长的挂号包裹，收信人写的是“怀特先生”，但凭直觉怀特先生明白这又是个被误投的东西。他瞥了一眼包裹的地址，发现落款竟是纽约联合国总部。

怀特先生好奇地悄悄拆开包裹，看见里面装着一根桃木拐杖，手工做的，打磨得很光滑，但式样一般，而又不是很值钱。包裹里还有一张照片，上面是一个穿国际救援组织制服的年轻黑人女孩站在一架货运飞机边，照片背面写着姓名、地点和一个 14 年前的时间。

怀特先生更加好奇了，他查了半天，最后才弄明白照片背面写的地点是非洲一个很小的地方。但是，14 年前那里发生过什么？邻居和这个黑人女孩到底有什么关系？他不清楚。带着进一步探究的决心，怀特先生不动声色地将包裹照原样缝合，亲自登门去交给怀特医生。看着邻居很高兴地拄着桃木拐杖在屋子里试来试去，怀特先生就问：“这照片里的女孩是谁呀？”“不记得了。”怀特医生轻描淡写地回答。“可照片后写明了姓名地址呀？”怀特先生不解地追问。“我大学毕业就参加了国际卫生组织，其中有20年是在非洲原野上度过的。我曾在那里救护过很多生命垂危的黑人孩子，怎么可能记得每个孩子的名字？何况他们现在都长大成人。”怀特医生答道。他又搬出厚厚一堆来自世界各地的书信给怀特先生看。其中不少信里附夹着照片，各种肤色、各种年龄的男男女女展露着笑容，而这一切都源于怀特医生的无私帮助。

怀特先生望着那些东西，又懊恼又羡慕。怀特医生没有察觉到怀特先生的懊恼，还一个劲儿地试着桃木拐杖。

回到家，怀特先生独自躲进书房，直到深夜也没出来。惊慌的管家只得叫来秘书和私人医生，当他们打开书房门，却看见怀特先生正搂着一堆拐杖泪流满面。那些拐杖有檀香木的，有上好象牙的，还有红木镶纯金手柄的，每一支都质地精良价格昂贵。可是怀特先生却像个孩子似的，伤心地哭着对下属说："上帝，我多想像隔壁那个小老头一样拥有一根桃木拐杖啊。"不明就里的管家说："那根桃木拐杖？我们可以掏钱买下来。"怀特先生却哭得更伤心了，因为他知道用自己所有的钱也买不来那根桃木拐杖。是啊，许多看似平常的东西却往往是无价的。

渐渐地，怀特先生的公司业务里多出一些公益项目，有时是公益捐助，有时是免费为一些慈善机构运送物资，这些举动在从前简直是不可想象的。有一次，一个记者拿着话筒追问刚当选为城市慈善基金会顾问的怀特“大老板”："您曾经说过自己的任何投入都要获得回报，现在做这些，是期望获得什么样的回报呢？”怀特先生面对镜头，笑着说："我想有人会寄给我一根桃木拐杖的。"

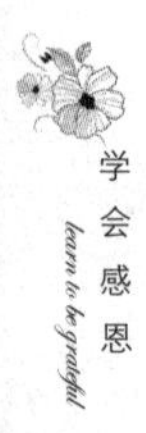

日子一天天过去，怀特先生的身边又聚集起很多朋友，他与子女们也慢慢重新有了往来，而且，他家门口的邮箱里也开始有了寄自四面八方的信件，而且是真正写给怀特先生的。

春天来临的时候，怀特先生收到一封信，寄自一个遥远国度的山区，那里刚刚经历了一次地震。写信的孩子说："感谢您组织了一个庞大的义务船队，及时为我们运来药品和帐篷。我在院子里新种了一株樱桃，有一天我会送您一根樱桃木的拐杖，那是世界上最好的拐杖。"

能给予就不贫穷

后来这位老师告诉同学们，脚上穿着布鞋心里却装着别人，是最让老师感到幸福的！只有富有的人才能给予别人，才能给予别人幸福，能给予就不贫穷。

教师节那天，一大群孩子争着给他送来了鲜花、卡片、千纸鹤……一张张小脸蛋洋溢着快乐，好像过节的不是老师倒是他们。

一张用硬纸做成的礼物很特别，硬纸板上画着一双鞋。看得出纸是自己剪的——周边很粗糙，图是自己的画的——图形很不规则，颜色是自己涂的——花花绿绿的，老师能穿这么花的鞋吗?

上面歪歪扭扭地写着："老师，这双皮鞋送给你穿。"看看署名像是一个女孩——这个班级他刚接手，一切都还不是很熟，从开学到教师节，也就 10 天。

他把"鞋"认真地收起来，"礼轻情义重"啊!

节日很快就过去了。一天他在批改作文的时候，看到了这个女同学送他这双"鞋"的理由。

"别人都穿着皮鞋，老师穿的是布鞋，老师肯定很穷，我做了一双很漂亮的鞋子给他，不过那鞋不能穿，是画在纸上的，我希望将来老师能

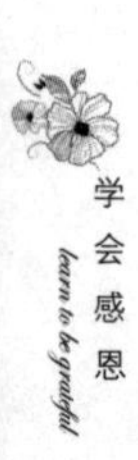

穿上真正的皮鞋。我没有钱，我有钱一定会买一双真皮鞋给老师穿的。”

这是一个不足10岁的小姑娘的心愿，他的心为之一动。但是，她怎么知道穿布鞋是穷人的标志?

他想问问她。

这是一个很明净的女孩子，一双眼睛清澈得没有任何杂质。当她站到他面前的时候，他似乎找到了答案。

他看见了她正穿着一双方口布鞋，鞋的周边开了花，这双布鞋显然与他脚上的这双布鞋不一样。

于是有了下面的问话。

爸爸在哪里上班?

爸爸在家，下岗了。

妈妈呢?

不知道……走了。

他再一次看了看她脚上的布鞋，那一双开了花的布鞋。

他从抽屉里拿出那双“鞋”来。这时他感受到这双鞋的分量。

她问，老师你家里也穷吗? 他说，老师家里不穷。你家里也不穷。

同学都说我家里穷。她说。

他说，你家里不穷，你很富有，你知道关心别人，送了那么好的礼物给老师。老师很高兴，你高兴吗?

她笑了。

和老师穿一样的鞋子，高兴吗?

她用力地点点头。

他带着她来到教室。他问大家老师为什么穿布鞋呢? 有的同学说，好看。有的说，透气，因为自己的奶奶也穿布鞋。有的同学说健身，因为自己的爷爷打拳的时候都穿布鞋。很奇怪没有人说他穷。他说穿布鞋是一种风格，透气、舒适、有益健康。

后来这位老师告诉同学们，脚上穿着布鞋心里却装着别人，是最让老师感到幸福的！只有富有的人才能给予别人，才能给予别人幸福，能给予就不贫穷。

爱的手臂

我的心里陡然一阵颤动：是啊，面对那些满怀希望的眼睛和心灵，我们每个人都没有理由缩回爱的手臂，哪怕自己付出的只是小小的、一点点的爱，却因其自然、真诚、无私，而给别人带去久久难以忘怀的记忆，甚至足以温暖其整整一生。

朔风凛凛，零星的雪花在飘落着。

街头，一个 20 岁上下的女孩拿着厚厚的一沓广告单，向过往的行人分发。人们早已厌倦这类街头广告，几乎没有人去理会上面的内容，加上天气又很冷，许多人经过女孩身边时，都摇头摆手，不接受那可信度有限的广告单。

女孩一次次伸出手，又一次次尴尬地收回来，许久也没有散发出去几张，而她只有散发完了，才能拿到 10 元钱的报酬。

雪花落到女孩的围巾上，她还在坚持散发着不知何时才能散尽的广告单。

这时，一辆豪华轿车缓缓驶向女孩，在她的身边停下来。从车中走下来的是本市商界名人——希望集团总裁艾伟。艾总裁微笑着伸手接过一张广告，看了几眼，亲切地对女孩说：“来，让我也尝尝发广告的感觉。”说着，他便迎着女孩惊诧的目光，抓过一沓广告单，很有兴致地向过往行人分发。

艾总裁亲自站在街头发广告。很多认识的行人都惊讶不已，纷纷过来从他手中接过广告单。一会儿，他身边就围了一大圈人，远处的行人也好奇地朝这边拥来，争抢着那些大家原本熟视无睹的街头广告单，女孩手里的广告单也随之很快地发了出去。

半小时后，艾总裁和女孩两手都已空空，女孩感激地冲艾总裁道谢。

第二天，有消息灵通的记者采访了艾总裁，问惜时如金的他为何站在街头，帮一个素不相识的女孩散发广告单。于是，无数市民都听到了他那朴实而又让人回味的话——假如那个女孩是你的亲人，假如这是她好不容易找到的第一份工作，假如你也曾满怀希望地伸出手接到的却是失望……你又会怎么想、怎么做呢？我们可以对她散发的广告单不感兴趣，但我们没有理由缩回爱的手臂，别轻视我们那一个个不经意的小小举动，那里面凝聚的内容很多……

看到这个故事，我的心里陡然一阵颤动：是啊，面对那些满怀希望的眼睛和心灵，我们每个人都没有理由缩回爱的手臂，哪怕自己付出的只是小小的、一点点的爱，却因其自然、真诚、无私，而给别人带去久久难以忘怀的记忆，甚至足以温暖其整整一生。

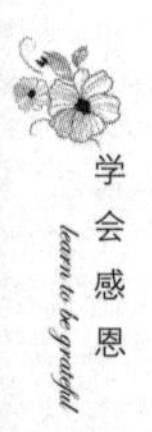

施恩不望报

“爸爸，为什么你不断地借钱给布朗尼？你该知道你给他每一块钱都意味着他花更多的钱来喝烈酒，你难道不觉得他是在占你便宜吗？”

“我从来没指望过布朗尼会还给我钱。我早就下定决心不借给他钱，在我心里，我是送给他钱。如果他说是借钱，那是他的事；对我来说，是赠送。”

俗话说，施恩不望报，要做到这一点还真不容易。可是，既然别人都做到了，为什么我们就做不到呢？我想，下面这个故事或许会告诉我们一些奥秘——

当我一边在厨房的洗涤槽边上剥玉米，一边等我爸爸回来时，我从窗户往外看见邻居急急忙忙朝我家后门走来。她说：“敲门，敲门，敲门，有人在家吗？”我想她为什么说“敲门，敲门，敲门”，而不用手来敲门？真使我心烦。

我说：“请进来吧！”

在她张嘴说话之前，我已经知道她为什么要来了：她准是想要借东西。不是借一杯白糖，就是借割草机或是一些汽油来使她家的割草机运转，也有可能是借个草耙或扳手什么的。

她问："你能借给我一块黄油吗？"

我说："行！"一边朝冰箱走去。

"等我去了杂货店就马上还你。"

我说："没问题。"但是事实上这却是个问题，她很少归还她所借的东西，有些工具她一借走往往得过好几个星期才还。她是个有工作的母亲，要抚养两个十几岁的孩子，她要办的事很多。虽然我不乐意为她家的紧急需要提供各种东西，但我的父亲跟我不一样。那天当她走出我家房门在路上遇见我爸爸时，她就向他要一些带子。正好我爸爸有一卷带子在车子里。

当爸爸来到厨房时，我对他说："你绝对拿不回那带子了。"

爸爸只是微笑着耸耸肩。他眼中的某种神色使我回想起30年前的一天。

那时我是个年轻的女孩，爸爸是新英格兰小市镇里的修鞋匠。每天放学后，我都是顺着主街走下来，要经过弗里齐汽水店和萨姆理发店，然后才能走到我家的萨尔修鞋店。我的工作是将顾客拿来的鞋挂上标签，用袋子装好，把票证交给他们。在所有的时间里我都在观察我们玻璃窗外的世界发生的事。大多数人走过时都向我挥手，我也向他们挥手。只有一个人，他的眼神从来不与我的相遇。

我们叫他布朗尼。不论是什么季节，他总是戴着一顶棕色羊毛帽，穿一件破旧的棕色上衣，磨损的袖子由于油腻而发亮。他白天在大街上闲逛，下午当我们的现金出纳机装满了，他就会来我家利用我爸爸的乐善好施来要钱。

有一天，当时钟的指针快要指向打烊的时候，我看见布朗尼朝我家

走来了，当时我的表是 5 点 30 分。我赶快将挂在窗上的营业的牌子换成关门的牌子，又将那用细竹片编成的帘子往下放。我想这样可以把他挡在门外，但是布朗尼还是闯进了我家大门。

当他走过前面的柜台时，他用他那干枯的手碰了一下他那破旧的帽子的边缘。我可以看见刻在他脸颊上深深的、显露着悲伤的皱纹，就像两个畸形的括号环绕在他那因抽烟而熏黄的嘴边。他的眼睛往下陷，就像短腿猎犬的眼睛。他那潮湿的毛线上衣散发出落水狗的气味。他身上还有另一种我说不清的刺鼻气味。

当布朗尼走到店铺的后面时，我转过身去重新整理架子上的“几维牌”鞋油。爸爸刚刚关了机器。我听见布朗尼低声说：“我这个星期缺钱花。萨尔，你能借给我两美元买杂货吗？”爸爸把榔头放在工作凳上，朝柜台走来，而我正站在柜台边。他对我说：“亲爱的，请让开一下。”他按了一下现金出纳机上橘红色的贴有“无销售”字样的键，抽屉就打开了。爸爸从抽屉的第一个格子里取出两张一美元的钞票，递给布朗尼。他严厉地说：“布朗尼，不要喝酒，去为孩子们买些牛奶和面包吧。”

布朗尼抓着那两张美钞，连连点头。

爸爸把布朗尼送到店铺的前门，看着他确实走进了马路对面的杂货店。爸爸在那里站了很长时间，他那肌肉发达的双臂交叉放在那被胶水污染的工作围腰上。当他看到布朗尼从杂货店走出来，手里拿着一加仑牛奶和一块面包时，才满意地点点头，朝店铺后面走去了。

我在爸爸的店铺工作的时间里，曾有多少次看到这一情景？ 20 次？ 30 次？ 100 次？爸爸为什么从无怨言？他绝对没有得到布朗尼归还的任何“借款”。现在我早已成年，而爸爸已经退休了，我终于可以问他原因了。

“爸爸，为什么你不断地借钱给布朗尼？你该知道你给他每一块钱都意味着他花更多的钱来喝烈酒，你难道不觉得他是在占你便宜吗？”爸爸坐在厨房的桌子旁，有好长一会儿他只是看着我。他可能在想着带子，或者可能在想我曾抱怨邻居来借蛋、借割草机、借耙子、借黄油。他说：“我从来没指望过布朗尼会还给我钱。我早就下定决心不借给他钱，在我心里，我是送给他钱。如果他说是借钱，那是他的事；对我来说，是赠送。”

我说：“我想你这样做对于你的结算来说会更容易一些。”我一直在笑他，因为萨尔修鞋店从来没有复杂的记账簿。

爸爸说：“卡伦，当你做了好事，不要老念念不忘。”

我又接着去剥玉米了，而爸爸则走到外面去欣赏外孙女的树上小屋了。当我剥完两三个玉米棒子后，我意识到我们拥有的东西实在是多，真是丰衣足食，绰绰有余。我把6个玉米棒子装入袋中，向我们的邻居家走去。我说：“敲门，敲门，敲门，有人在家吗？”

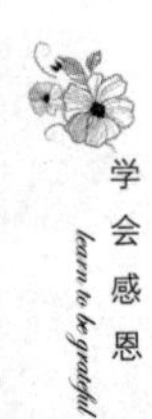

上帝就是施与

上帝是谁？上帝是爱，是爱的奉献，以及对爱的获取。上帝比任何人的微笑都美，上帝比任何人的想象都年轻，上帝就在彼此关爱的人的身边！

有一个小男孩，他总希望见到上帝。他知道要见到上帝得走很远的路。他收拾好一个小旅行箱，里面装了几个小馅饼和几瓶饮料，就上路了。

他走过了三个街区，看见了一个老奶奶，她坐在路边公园的长椅上，凝神地望着在草地上啄食的鸽子。

小男孩在她旁边坐下，喘息片刻，擦了擦汗，打开了小箱子。他拿出一个小馅饼正要往嘴里送，却发现老奶奶定定地望着他，好像她很饿了。于是他把小馅饼送了上去，老奶奶面带感激的神色接过馅饼向他笑了一下。这张笑脸真好看。小男孩想再看到一次，他又送给她一瓶饮料。老奶奶又向他笑了笑，小男孩高兴极了。

他们就那样坐了一个下午，一边吃，一边笑，可谁也没说一句话。

天快黑了，小男孩觉得该回家了。他起身离开了椅子走了几步，又转回来，他张开双臂紧紧地拥抱老奶奶，而她回送给他最美丽、最动人的微笑。

小男孩回到家，妈妈马上发现，儿子的脸上带着巨大的喜悦，于是她问：

“今天怎么了？什么事使你这么高兴？”

“我和上帝一起吃了午饭。”没等妈妈反应过来，他又加上一句，“你知道吗，我从没有见过像她那样美丽的笑脸。”

就在同时，老奶奶也回家了，浑身喜气洋洋的。她的儿子十分奇怪地问：

“妈妈，今天有什么事这么高兴？”

“今天中午我和上帝一块儿吃了馅饼。”没等儿子反应过来，她又回上一句，“你知道吗，他可比我想象的要年轻得多！”

春天的感恩

我转过身来面对着他，想感谢他的帮助和陪伴。但是在我还没有来得及开口之前，他却对我说："你知道吗？能够有你这么快乐的人陪伴我这个盲人过街，真是一件非常愉快的事。"

帮助与被帮助，感谢与被感谢，原来，这就是阳光明媚的春天！

如果用季节来比喻感恩，哪一个季节最合适呢？读一读下面这个故事，我们是不难找到结论的：

有一年的冬天特别漫长。我是个盲人，独自一人居住在纽约，那个冬天的大部分时间我都待在家里。

突然有一天，寒冷悄然消失了，空气中充满了沁人心脾的春天的芳香。窗外，一只小鸟不停地欢叫，好像在邀请我外出。

走在春天的大街上，我冲着太阳抬起了脸，给它一个灿烂的微笑，作为对它给我光和热的回报。

我沿着街区的小巷漫步着，我的邻居向我打招呼，问我是否需要搭个便车。"不，谢谢了。"我说，"我的双腿已经休息了整整一个冬天，我的血管急需运动，我想走一会儿。"

走到街角的时候，我像通常一样停了下来，等待有人能像往常那样带我一起过街。令我奇怪的是，好半天都没有人过来帮我。

我耐心地等待着，随口哼起了一首动听的歌曲。那是一首欢迎春天到来的曲子，当我还是个上学的孩子时就经常哼唱。

一个雄浑而富有磁性的男声在我耳边响起："看来你是个非常快乐的人。我能否有幸和你一起过街呢，女士？"

我自然无法拒绝如此具有绅士风度的邀请，便微笑着对着那个声音的方向说："好啊。"

他温柔地挽起我的手臂，我们一起慢慢地向前走去。我们谈论着这美好的天气，以及生活在这美丽春天的快乐。

我们用同样的步伐向前走，很难说是谁在带领着谁。当我们快要走到对面的时候，我开始听到一两声不耐烦的汽车喇叭声，显然信号灯已经变了。

我们快走了几步过了街。我转过身来面对着他，想感谢他的帮助和陪伴。但是在我还没有来得及开口之前，他却对我说："你知道吗？能够有你这么快乐的人陪伴我这个盲人过街，真是一件非常愉快的事。"

于是，那个春光明媚的日子便永远留在了我的记忆中。

于是，这个春光明媚的故事就永远记在了我的心里。

是对人间温情的期待

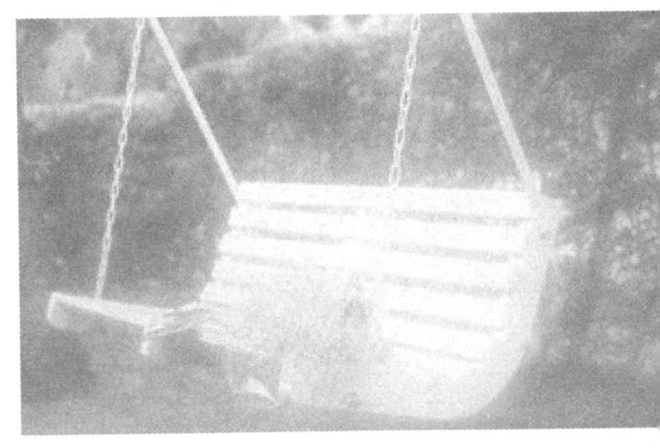

偿还一杯牛奶

虽说施恩不望报，虽说大恩不言谢，然而，当施恩者与被施恩者再次相逢，当施恩者因其所做的善事而终于在多年后得到回报，当毕生的债务竟在多年前就已用一杯牛奶全部付清时，想一想这究竟是一种什么样的人间动人情景……

一天，一个为了赚取学费而不得不挨门挨户推销产品的穷小子霍华德·凯利发现，他只剩下一枚 1 角钱的硬币了，可是，他已经饿坏了。

他决定到下一家去要点吃的。但是，当一个年轻美丽的女子打开门的时候，他太紧张了，不好意思开口讨饭吃，他只要了一杯水。这位女子发现小伙子看上去饿坏了，于是给他拿来了一大杯牛奶。他慢慢地把牛奶喝完，然后问她："我该给您多少钱？"

"你什么都不用给我。"她回答道，"我母亲总是对我说，永远不要为所做的善事收取报酬。"

他说："那么，我真心地感谢您。"

当霍华德·凯利离开的时候，他不但感到自己的身体有劲儿了，而且对他人的感情也更加强烈了。他原本已经打算放弃一切。

数年后，这名女子患了重病，当地的医生都束手无策。家人将她送到了大城市，请那里的专家来诊治她的怪病。人们请来了霍华德·凯利医生。

听到她家乡小镇的名字时，他的眼中闪过异样的光芒。他马上从医院大厅跑到了楼上的病房，并一眼认出了她。他回到观察室，暗下决心，要尽一切可能挽救她的生命。

经过很长时间的努力，他成功了。

凯利医生拿来了她的治疗费用账单，在边上写了一行字，然后让人将账单送进她的病房。她不敢打开账单看，因为她知道，她得用全部余生来偿还这笔债。最后，当她不得不打开账单时，她惊讶地看到上面写着这样一行字："多年前已用一杯牛奶全部付清。"后面的署名是"霍华德·凯利医生"。

喜悦的泪水顿时溢满了她的双眼，她在心中默默地祷告着："感谢上帝……"

心中有桌永恒的筵席

怀揣一颗感恩的心，就是在心中摆下了一桌永恒的筵席。这一桌筵席是对那些施恩者的怀念，也是对那些施恩者的回报，更是对那种人间温情的期待……

我曾听一位同事说，欧洲有条谚语：一颗善良的心就是一桌永恒的筵席。20 多年来，她那惶惶不安的心里就一直装着一桌永恒的筵席。

多年前，在那个黑白颠倒的疯狂年代，她被分在“黑五类”子女班读书。说是读书，其实哪有什么书读，一无老师，二无教材，简直就是蹉跎岁月，浪费光阴啊。不久，总算分来了一位老师，是个“有历史问题”的广东籍人。这样，他们“黑五类”子女班又多了一位“黑五类”老师。

老师姓邝，40 岁左右，小个子，背微驼，消瘦的脸庞上架一副深度近视眼镜，走路轻飘飘的，好像身体没有重量，一看就知道是一位身心俱受创伤的人。第一天上课，老师就抱着一大摞白纸匆匆来到教室。“白纸？画画吗？”正当同学们感到纳闷的时候，老师说话了，语气带着浓重的粤腔：“同学们，我们这个班是没有教材的。没有教材怎么办？办法只有一个，就是‘抄’！”

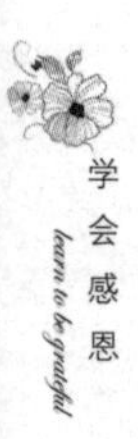

“抄？”同学们愕然，议论纷纷。

“对，抄！”老师语气很坚定，和他那看似轻飘飘的身体恰成反比。“我知道，同学们条件很艰苦：坐的是红砖凳，用的是台板桌……但是，先哲们说过：任何人都有大于自身的力量，我相信你们的力量，你们是能够把教材抄出来的。”

听着老师坚定、平实、亲切的话语，我们这些“黑五类”同学周身顿时鼓起了力量，好像漏了气的轮胎，一下子被他打足了气。花了几天时间，我们终于把教材抄出来了。大家捧着自己一笔一笔亲手抄出来的教材，是多么惬意，多么愉悦，多么自豪啊，人人都视这为瑰宝。

一次，革命子女班的学生、革委会主任的儿子窜到我们班来捣乱，把我们几个女同学的手抄教材弄脏了。我们鼓起勇气和他理论，谁知那小子刁恶得很，把我们的手抄教材全部抛到水沟里去了。我们哇哇大哭……邝老师来了，他一头扑上去，奋力抢救那些宝贵的“落水物”。那小子竟惨无人道，飞起一脚，把老师踢倒在沟里。我们愤怒了，天不怕地不怕地一哄而上，将那坏小子狠狠地揍了一顿。我们以为，总算为老师出了口气。不料，事隔不久，老师被解职除名，遣送回家了。原因是：“历史问题升级，还有海外关系。”我们哭喊着：“老师啊，是我们害了您。”

老师走后不久，我们就收到了他给全班同学的来信。展开一看，原来是一道道誊写得整整齐齐的习题。末尾用朱笔写道：祝学习好。顿时，我们这些饱受社会冷落的人，相互拥着，哭成一团。以后，老师寄来的习题，我们认真做好寄给老师批改，老师批改后又从远方寄来，并一同寄来新的习题。就这样，鱼雁往来，彩燕飞梭，老师在信封里教学，我们在信封里读书。我们这些“黑五类”子女就凭着这位善良然而又是悲哀的“信封老师”的辅导，完成了高中的学业。

以后，命运把我们分离了。同学们各奔东西，老师也和我们失去了联系。

假如用人们常用的那些词汇——蜡烛、人梯、灯塔等来形容比喻我们的老师，我总觉得是不尽内蕴的。

学生对老师的情谊如何才能说得清楚呢？我想起了美国作家密契纳的一件逸事。一次，闻名遐迩的密契纳接到总统约翰逊的邀请函，请他参加仅仅邀请了128人的白宫高级宴会。密契纳给约翰逊总统写了一封复函：

“三天前，我已经答应出席中学时代一位教师的欢送会，她教我怎样写文章，是一位出色的老师。

“亲爱的总统先生，我知道，您见不到我，会无所谓的……但老师见不到我，却会很失望的。”

密契纳用生命体验告诉世人：老师是比总统重要的。

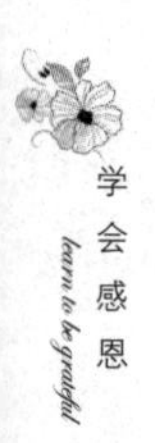

人间情分是感恩

有时候，承受陌生人的好意，也会忍不住自问，我曾经替不相干的旁人做过什么事？

人与世界的诸多联系，其实常常是与陌生人的交接，而对于这些人，无欲无求，反而能够表现出真正的善意。

一

下着梅雨的季节，令人心浮动，生活烦躁起来。尤其是上下课时，捧抱着大叠教材讲义，站立在潮湿的街头，看着呼啸如流水奔涌的大小车辆，却拦不住一辆计程车；那份狼狈，无由地令人沮丧。

也是在这样一个绵绵密密、雨势不绝的午后，匆忙地赶赴学校。搭车之前，先寻觅一家书店，复印若干讲义给学生，因为时间的紧迫，我几乎是跑进去的，迅速将原稿递交给从未谋面的年轻女店员。

那女孩有一双细白的手掌，铺好原稿，开动机器，她先复印了两张尺寸较小的，而后将两张复印稿并排成一大张，抬起头，她微笑地说：

“这样不必印 80 张，只要 40 张就够了。好不好？”

我诧异地看着她继续工作，在复印机一阵又一阵的光亮闪动里，也诧异地看着她的美丽。

原本，她的五官平凡无奇，然而，此刻当我的心灵完全沉浸在这样宁谧的气氛中时，她不再是个平凡的女孩。

我看着她仔细地把每一张纸整齐裁开、叠好，装进袋里，连同原稿还给我。付出双倍劳力，却只换来一半的酬劳，她主动做了，还显得格外高兴。

离开的时候，我的脚步缓慢了些。焦躁的感觉，全消散在一位陌生人善意的温柔中。并且我发现，即使行走在雨里，也可以是一种自在心情。

二

第二次去澎湖，不再有亢奋的热烈情绪，反而能在阳光、海洋以外，见到更多更好的东西。

望安岛上任意放牧的牛群；刚从海中捞起的白色珊瑚，用指甲轻划，会发出“铮”的声响。夏日渡海，从望安到了将军屿，一个距离现代文明更远的地方。有些废弃的房舍，仍保留着传统建筑，只是屋瓦和窗棂都绿草盈眼了。岛上看不见什么人，可以清晰听见鞋底与水泥地的摩擦声，这是一个与世隔绝的世界呢！

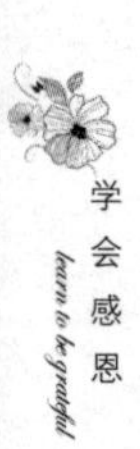

转过一丛丛怒放的天人菊，在某个不起眼的墙角，我被一样事物惊住了——一部蓝色的公用电话。

不过是一部公用电话，市区里多得几乎感觉不到；然而，当我想到当初设置的计划，渡海前来装置、架接海底电缆……那么复杂庞大的工程，只为了让一个人传递他的平安或者思念，忍不住要为这样妥帖的心意而动容了。

三

一个月的大陆探亲之旅，到了后期已如残兵败将，恨不能丢盔弃甲。大城市的火车站规模不小，从下车的月台到出口，往往得上上下下攀爬许多阶梯，那些大小箱子早已超过我们的负载能力了。

那一次，在南方的城市，车站阶梯上，我们一步也走不动，只好停下来喘息。一个年轻男子从我们身边走过，像其他旅客一样，而不同的是他注视着我们，并且也停下来。

“我来吧！”

他温和地说着，用卷起衣袖的手臂提起大箱子，一直送到顶端。我们感激地向他道谢，他只笑一笑，很快地隐遁在人群中。

着白色衬衫的背影，笑容像学生般纯净，是我在那次旅行中最美的印象了。

四

现代人因为寂寞的缘故，特别热衷于“谈”情“说”爱；然而又因为吝啬的缘故，情与爱都构筑在薄弱的基础上。

有时候，承受陌生人的好意，也会忍不住自问，我曾经替不相干的旁人做过什么事?

人与世界的诸多联系，其实常常是与陌生人的交接，而对于这些人，无欲无求，反而能够表现出真正的善意。

每一次照面，如芰荷映水，都是最珍贵而美丽的人间情分。

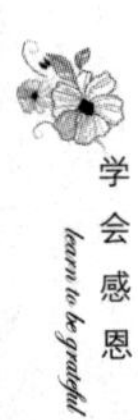

感激心海中的宝石

过去的、现在的、许许多多我的朋友，都是我心海中一颗颗宝石。他们所给予我的，是我永远也无法偿还的。我唯一能做的，只是守着我的忠诚，在阴霾满天、冰雪交加的日子，在阳光灿烂、春色满园的辰光，永远永远做一个可以信赖的朋友。

朋友相交淡如水，能够患难相助，互通有无，切磋勉励，相知相惜；或则有人攻击，能够站出来挺身为朋友辩白，如果不能，则保持缄默，不要随众附和，落井下石，这样就是很好很难得的朋友了。

年少的时候，读到罗马帝国的恺撒大帝被杀时，回首看到背后捅他致命一刀的人，竟然是自己一向信任的好友布鲁特斯时，他惊愕地说了一声："也有你？布鲁特斯？"就倒地死了。我当时读到这里，不觉心惊。直至今天，在我的脑海里仍然有着一幕活鲜鲜、痛入心坎的悲痛印象。想恺撒临死的时候，他的痛，并不是流血的身体的伤，而是心的致命创伤吧！

如果不能做永远的朋友，也应该光光明明，面对面地割席分坐，不可以在暗中背后捅刀子。或者君子绝交，不出恶言，不相来往，即可足矣。

知音朋友像春秋时的俞伯牙、钟子期，彼此意气相投，腹心相照，生死与共；刎颈之交如战国时赵国的廉颇、蔺相如，能够明辨义理，知错认错，真诚相交；知心朋友如战国时齐国的管夷吾与鲍叔牙，能够推心置腹，互爱互谅，知心了解，任何谗言都不能将他们离间；三国时的刘备、关羽、张飞，桃园结义，同心同德，共创出一片天空，又何尝不是友情的表现呢！这些真情挚谊，无不令人长歌感叹！

人们也常常认为：衣服，旧不如新；朋友，新不如故。老朋友是最最珍贵、最最靠得住的朋友。可是，在社会上，却也常常看到；每每一到利害关头，老朋友也有立即交恶的；即令没有利害关系，看到老朋友出头高升，也会因妒生恨，不惜暗中挖墙脚、拆台脚的。反倒是因慕而敬的新朋友或陌生人，愿意真心赞美，尽力捧场。

我结交朋友，常常害怕其好不终。我总认为朋友的交情是一生一世的。我总将友情捧在手里，窝在心口，唯恐弄得其好不终，尤其是害怕这其好不终竟然由我而起，别人负我，我心虽痛，仍能安宁；我负别人，则一生难得有安宁了。其实，世上的人都不可能是十全十美的，朋友若不能舍短取长，也很难成为终生朋友。

在漫长的人生道路上，历尽了崎岖艰难，但我仍然是很幸运的，我拥有许多的好朋友。我一直在友情中成长。朋友给予我的安慰、鼓励、援手，永生难忘。尤其是在稚龄流泪的日子里，朋友用润滑膏为我涂抹创伤；朋友用他们微薄的力量支持我不致倒入沟壑，朋友以赞许与鼓励建立我的自信。

过去的、现在的、许许多多我的朋友，都是我心海中一颗颗宝石。每一颗宝石都有不同的光彩、不同的故事。我常常想：上天对我多么宽

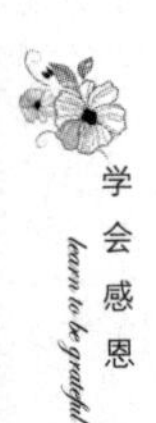

厚，赐给我这么多的好朋友，只是朋友给我的何其多，我能还报朋友的又何其少！在天秤上，我永远是一个欠债的人，我唯一能做的，只是守着我的忠诚，在阴霾满天、冰雪交加的日子，在阳光灿烂、春色满园的辰光，我永远永远做一个可以信赖的朋友。

感谢陌生的柔情

从那以后，我会为买东西时无法找钱的陌生人出零钱；我会在“的士”上主动与司机聊天；我不会介意陌生人在街口不小心将我碰撞……我相信，在陌生人的世界里，有着许多淳朴善良的心。一分善意，会换来十二万分的感动。

一

夏天的悉尼，阳光将人烤得黑红，但澳洲人依然喜欢海边，尤其喜欢美丽多情的情人港。

突然，插在头发里的梳子“当”的一声被海风吹到地上，那是我刚从悉尼一个商店里买来的头饰。低头捡时，走在身后的一个白皮肤、金头发的年轻人也正伸手要为我捡梳子，见我捡了，他笑着对我说“Sorry”。我大惑不解，为什么他要对我说“对不起”？是因为未能为我效劳表示歉意，还是因为看到我的狼狈样觉得不好意思？

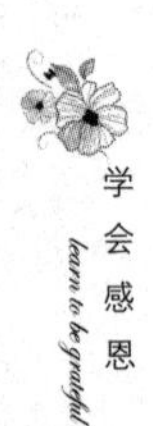

我将梳子再插在发中，可不几步，梳子又掉了，年轻人又弯下身子，正要捡时，梳子又被我先捡了。这回，他没有说“对不起”，而是边摊开双手边摇着头，一副又好笑又遗憾的表情。

我对他的好意表示感谢，他说没有关系，然后走到我前面去了。

我看着他的背影，感觉自己做错事似的，想：那是他认为该做的事吗？也许，这是澳洲男士应有的风度和礼貌。

这么想时，感到失礼和遗憾的是我，我应该淑女般站着，让他代捡，然后，我该做的就是向他道谢。这样，他离开的时候，可能就不会有那种怪怪的表情了。可惜，他偏偏遇到我这个不解风情的外国人。

当我不知该不该把梳子再插上的时候，有个棕色皮肤的女子走近我，她将她头上同样的梳子取下来，然后倒插在头发中，示范完后，她甩着头说：“OK！”我按她的方法将梳子插进发中，果然，梳子不掉了！我连说：“谢谢！”女郎高兴地离开了。

因为这些陌生人，想起澳洲的时候，会有一种温暖的感觉。

二

走在香港行色匆匆的人流里，感觉有个男人走近我，他看了我几眼后，问我：“请问，你是不是叫素梅？”语气很平和。

“不是，你认错人了。”我没有看他，不冷不热地回答。大脑某根神经好像在提醒我：陌生男人主动向陌生女人搭讪，男人不是无聊就是不怀好意。

我以前曾问过一些女朋友这样的问题：“如果你与一个陌生男人在一个电梯里，会害怕吗？”结果女朋友大都回答说，她们会感到忐忑不安，即便后来什么事也没有发生。还有一个女朋友说，如果那个电梯里的男人盯着她，那么她会吓得半死。

我一边装着很不在意，一边下意识地加快脚步。

“真不好意思。你真的很像我的一个台湾朋友。”他边道歉边解释道。

知道这个原因后，我放松了紧张的心情，反而很好奇地问他："是吗？"

“我好多年没有见过她了……”男人好像是在对自己说。

如果不是在闹哄哄的街上，恐怕会引出一段故事来。

我忽然问自己：在香港，一个女人与一个陌生男人同在一个电梯里时，女人会不会产生不安？看着那个礼貌随和的香港男人，不知怎的，我的答案更多地倾向于：不会。

香港是现代文明之地，香港人既保持着英国人的礼节，又有着广东人的随意。

有礼貌又随和的香港人文明却不冷漠。

三

办公室的书桌上放着一只藤编的小鹿，小鹿侧着长脖子，天鹅般的优雅，加上稍微低着的头，温柔、沉默。

那天我在广州的街上，见到一个小伙子提着一大串藤编的工艺品，我一眼看中搀在里面的这只小鹿。

“停停，让我瞧瞧。”我叫住了小伙子。他停下了匆忙的脚步，将那串工艺品搁在路边，任我翻看。

“我买它。”我找到了小鹿，正要掏钱。

“不卖。这些都是样品。”小伙子笑呵呵地说。

我还以为他是街边的小贩呢！

“真可惜。”我爱不释手，将小鹿拿在手里看了好一会儿才放下。正想离开，小伙子却大方爽快地将小鹿递给我说：“你拿去吧，送你好了。”

“那怎么可以？”我惊喜不已，“我付钱。”

“拿去吧。”小伙子脸上依然堆着笑容。我终于发现，这张笑脸流露出除了“小意思”的大方外，还有一种被人欣赏的喜悦。于是，我欣然接受了小鹿——这个陌生人送给我的礼物。

好多年了，小鹿虽与办公桌的现代化用品很不相称，但我总会将小鹿摆在办公桌上。每看到它，我就会想起那个成人之美的小伙子。

小鹿比用钱买的东西更珍贵，因为它代表着我对那位陌生人的感激，它还引发出我心灵深处的那份善良。从那以后，我会为买东西时无法找钱的陌生人出零钱；我会在“的士”上主动与司机聊天；我不会介意陌生人在街口不小心将我碰撞……我相信，在陌生人的世界里，有着许多淳朴善良的心。一分善意，会换来十二万分的感动。

感谢敌人的高贵

恩赐会换来感恩，恩赐也会把敌人转变成友人——哪怕是被迫的恩赐！

因此，究竟是把敌人变成人，还是把人变成敌人，这完全是人类自身可以控制的灵魂走向的两种可能：一种走向通往天使的高贵，一种走向通往魔鬼的凶狠。人类如此，动物也如此。

众所周知，狼的本性是凶残的。在人们心目中，似乎形成了一个不可改变的观念。然而，当我听说下面这个故事之后，却使我改变了对狼的本性的认识。

故事是这样的：

1964 年 10 月，我们云南省队的一支汽车测量普查小分队，在滇西北地区普查找矿。工作车是由一台戛斯 -63 汽车改装的，车厢为封闭式，测量仪器固定装在车内，接收器放在车厢顶上。我们小分队一共 8 个人：1 名司机，3 名技术人员，4 名武装警卫战士，他们每人配备一支冲锋枪，一支手枪。

10 月中旬的一天早晨，我们离开了纳西族聚集的秀美的小城丽江，依依惜别了巍峨壮丽的玉龙雪山，经石鼓镇向西北方向的维西傈僳族自

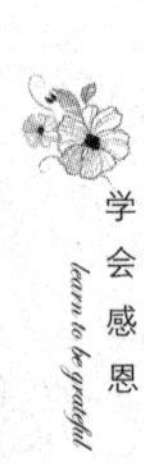

治县所在地——保和镇进发，完成我们普查任务的最后一站，然后返回昆明冬训。出发前，一位纳西族老乡搭我们的车一道去维西。

过石鼓镇以后，我们沿着金沙江上游向西北方向前进。10点多钟，我们到了小镇巨甸，稍事休息后继续向正西进发。路上积雪越来越厚，尽管我们工作车的车轮较宽、花纹也大，并有前加力，但仍然不时打滑。下午两点多钟，面对路面上半尺厚的积雪，汽车终于无能为力，喘着粗气，车轮飞转，就是不能前进。但也绝不能后退，控制不住就有滑下山崖的危险。我们的人，包括纳西族老乡，一齐下来推车，并找些干树枝打眼，汽车艰难地一步步前进。正在这时，我们几乎同时发现，在我们车后200米的路上，一群褐黄色的东西慢慢向我们靠近。是牛群？不像；是狼？颜色不对。北方的狼大多是灰褐色的，怎么发黄呢？我们正惊疑、猜测，纳西族老乡急喊："上克（去），上克，赶紧上车克，这是一群饿狼。"我们不禁大惊失色，急慌慌爬上车，司机小王赶紧发动车，加大油门，前后加力，车还是在原地空转，真急死人了。这可怎么办，这时狼群已靠近汽车，好家伙，一共八只，个个都像小黄牛犊似的，肚子吊得老高，后腿显得更细。战士小吴抄起冲锋枪奔向后车门，纳西族老乡大喝一声："干那亚（干什么）！"他一手夺下小吴的枪，高声道："绝不能开枪打，打也打不着，枪一响，它们或钻到车底下或拐进树林，我们可就完了。狼群会不顾一切先把车胎咬坏，把我们看起来，然后召集更多的狼和我们拼命。"我说那可怎么办。老乡说别急，有办法。雪封山了，狼找吃的难了，一个个饿疯了，车上可有吃的？我们几乎同声回答：有。那就扔下去给它们吃！老乡像是下达命令。我们七手八脚把从丽江买的准备带回昆明的腊肉、火腿，还有十分珍贵的鹿子干巴，一块块、一串串往下丢。八只狼眼都红了，大吼着扑向这些食物，第一批丢下去的东西，一眨眼就被吃光了。但它们不走，八只狼排成一排坐下盯着后车门。老乡继续下达命令：再丢下一些！我们车上放的肉品足有 100 多斤，豁出去了，保命要紧，扔吧！我带着哭腔说了这句话。第二批大约 50 多斤肉品飞出了后车门。八只狼又是吼着扑向食物，但吃的速度明显慢了，眼见每只狼肚子渐渐大了起来，吊得不那么高了。也就一袋烟工夫，八只狼还像刚才一样，整齐地坐着，盯着后车门。老乡看着我们每个人，异常坚定地又发了话：还有吗？一点不留地丢下去，等我回来从丽江再买，千万别心疼。我盯着这位我们刚刚相识的纳西族老乡，心里说：我们还回得去吗？按照老乡的要求，我们将车上所有的肉品，包括我们特别舍不得的一点鹿子干巴，还有十几包饼干全都甩下车去，八只狼又是一阵大嚼，吃完了肉又试探性地嗅了嗅那十几包饼干，没动它。这时我清楚地看到八只狼的肚子已滚圆滚圆，目光开始变得温顺，不再横排坐着，其中一只狼围着汽车转了两圈，又朝车前方跑去，其余七只狼没动。不一会儿，那只狼又跑回来，带着那七只狼朝松林钻去。我们悬着的心终于放了下来，司机小王也从驾驶室下来，朝我们深深呼了口气，意思是说："好险哪！"我们又开始推车，仍然无济于事，看来我们今天有可能被困在这里，如果再遇上另一群狼可就彻底完了。正在这时，我们看见那八只狼又钻出松林，跳到公路上。奇怪的是每只狼的嘴里叼着一根大树枝，不知它们又想干什么，我们只得又爬上车，警惕地观察着。司机小王干脆把头从驾驶室里探出来，我也打开一扇窗想看看群狼到底要干什么。只见八只狼把口里叼着的树枝分别放到汽车两个后轮下面。哈哈！狼给汽车打眼了，我高兴得大叫起来，狼见我大叫，只是朝我望了

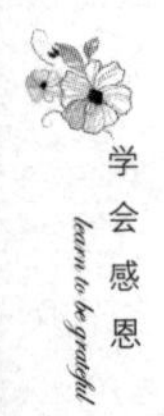

望，我也发现狼的眼光里没有敌意。接着八只狼一齐钻到车底，我正不解其意，却见汽车两侧积雪飞扬，一部分雪飘到山下；一部分雪堆向路边。不一会儿，八只狼又从车底钻出来，跑向车的前方，头朝前，尾朝车头一字排开，嘴一齐拱到雪里，朝前拱去，然后又头对头一边四只，一齐用强有力的后腿向后扒雪，路面渐渐露出来。我眼里滚动着泪花，大呼小王：狼帮我们扒雪了，赶快发动车。车果然启动了，徐徐向前。纳西族老乡也激动得和我们紧紧抱在一起。车向前，狼向两侧闪开，又一齐朝后跑去把树枝衔了回来，车子刚好行到积雪厚的地方，又空转打滑了。八只狼又重复着刚才的动作；先打眼，后扒雪，就这样每重复一次，汽车就前进一段。大约重复了十来次，车向前行进了一里多地，也就到了山顶，再向前就是下坡路了。汽车到达山顶后，狼不再叼树枝了，在我们车后仍然是一字排开坐着，不同的是，有一只狼稍稍向前。老乡告诉我们，那是头狼，主意大概都是它出的。我们激动极了，一起给狼鼓掌。可是这八只可爱的狼似乎没有什么反应，只定定地望了望我们，然后头狼在前，其余随后，缓缓地朝山上走去，消失在松林中。

听完这个故事，我的内心久久不能平静。原来，恩赐会换来感恩，恩赐也会把敌人转变成友人——哪怕是被迫的恩赐！

因此，究竟是把敌人变成人，还是把人变成敌人，这完全是人类自身可以控制的灵魂走向的两种可能：一种走向通往天使的高贵，一种走向通往魔鬼的凶狠。人类如此，动物也如此。

感恩是生命的效仿

我该拿什么来回报你呢？我只能如你所选择的那样，选择那最贫瘠的地方，选择那最神圣的事业，选择奉献，选择牺牲！

究竟该以什么样的方式来回报我们所领受的恩情呢，尤其是当我们无以回报的时候？我想，有一种最佳的方式，就是效法那神圣的事业，效法奉献，效法牺牲。

何以见得呢？下面这个故事可以说明这一切：

临近大学毕业的那段日子，同学们都为毕业后能留在城市里有份好工作忙开了，唯有娟子按兵不动，如无事人一般。

我们同宿舍的几个姐妹都劝她出去活动活动，争取能在城里留下来，哪知娟子却笑笑说："我要回乡下去。"

我们都吃了一惊，娟子的老家我们结伴去游玩过一次，在大巴山最深处，汽车在20里以外就进不去了。村里人住的全是茅草屋。我们当时都笑着调侃说那儿是全中国最贫瘠的地方。而现在，娟子却轻描淡写放弃了这次改变命运跳出农门的良机，要重新回到那穷山沟，我们都替她惋惜。

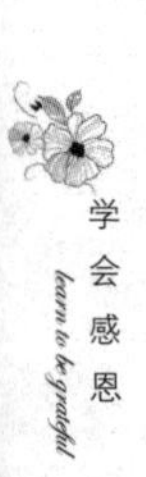

这时，娟子郑重地给我们说了一个故事。

10 年前，大巴山深处有一所学校。整个学校只有一间茅草搭成的教室，只有一个班级，也只有一个老师。班上有 13 名学生，那位乡村老师将他们从一年级教起，一直教到六年级。

然而，就在小学快毕业的时候，不幸的事发生了。

有个放牛娃在山上玩火，不小心把茅屋教室给引燃了。等大家发现时，大火已经快封住了教室门。

教室里的 13 名乡下娃子都乱了套，但那位乡村教师却比以往任何时候都镇静。他一面叫孩子们不要慌张，一面将被大火围困的孩子们一个个往外背。大火已将窄窄的木门完全封住，老师的衣服、头发和胡子全都烧焦了。但他并没有放弃。到最后，教室里只剩下两名女同学。

老师再一次冲进火海，那两名女同学正坐在教室里哇哇大哭。老师看了她俩一眼，最后咬咬牙，背起其中一个就往外冲。

烧得通红的门框呼的一声砸下，将老师砸了一个踉跄，但他最后还是背着那个女孩从大火中爬了出来。

他把那个女孩背到安全地带，然后又急急地冲进了早已变成火海的教室，就在这时，轰的一声，教室烧塌了。老师和最后那名学生再也没有出来……

讲完这个故事，娟子眼圈都红了。

我们都猜了出来："最后救出来的那名女同学就是你，是吗？"

"是的。"娟子含泪点点头，"但你们知道最后那位被老师留在教室里再也没有背出来的同学是谁吗？"我们都摇摇头。

娟子说："是老师的女儿呀！"

说完这句话，娟子再也忍不住哭了起来。

我们的眼圈也都红了。

最后，我们宿舍有三个姐妹跟着娟子去她老家做了一名乡村教师。我是其中一位。

感恩是相互的拯救

“没有你们这些好心人，我就不会活在世界上，是你们给了我生命！”

“不！我们才应该感谢你。是你医治了我们这些饱受战争创伤的心灵。是你给了我们新的生命的活力。试想，一个比我们孱弱几倍的婴儿都渴望生活的机会，我们怎么有权利拒绝生活给我们重新创造的机会呢！”

生命与生命的相逢是相互的付出，生命与生命的相逢是相互的感恩！

1996 年 7 月，美国华盛顿州一家杂志社体育栏目的编辑丹尼尔·凯恩收到了一封有 1000 个叔叔签名的邀请信：“孩子，你千万要来参加我们今年 9 月在芝加哥举行的聚会，我们都盼望着你到来——原克鲁兹航空母舰上的 1000 名老水兵。”

捧着这封信，丹尼尔的眼睛里泪光闪烁，他又想起了养父凯恩给他讲过的 1000 个水兵和一个婴儿的故事。

那是 40 多年前，凯恩是克鲁兹航空母舰的舰长。那时已是战争的第 4 个年头，交战双方已签定停战协议。4 年的战争掏空了士兵们心中所有的热情和活力。他们一个个精疲力竭，闲时常常衣衫不整、胡子不刮，在舰上酗酒、赌博。作为舰长的凯恩很为他们痛心，是战争毁了他们的青春年华。

一天，凯恩接到了一家孤儿院负责人菲罗美娜修女的来信。修女在信中说有一件宝贝要送给凯恩，请他马上去一趟。凯恩收到信后便到孤儿院去了。

当凯恩随修女来到婴儿室时，不禁怔住了，这个宝贝原来是个男婴。修女告诉他，两个月前，军队供给处一名医务员乔治在外面散步时，发现路边一团报纸里裹着一个非常瘦弱的婴儿。这个婴儿大概只有一个多月大，显然是个被美国兵抛弃的私生子。这个孩子便是那位医务员捡到交给修女的。

“噢，真是个可爱的小宝贝！”凯恩伸手抱起了孩子。

怀里的孩子确实使这位行伍出身的军人多年来遭受创伤的心灵得到了慰藉。战争使他至今孑然一身，每当他一人独坐时，便觉心中空荡荡的。然而从他看到这个并不强健的小生命的第一眼起，他枯萎的心灵就震颤了。

“舰长，您瞧孩子多可爱呀，可是我们的孤儿院缺衣少食，困难重重，这里的孩子长到 10 岁就得离开孤儿院自谋生路，何况这个婴儿如此孱弱，孤儿院无法养活他。”菲罗美娜恳求道：“您能不能收养这个孩子？”

凯恩对此当然求之不得，然而想到海军军舰上纪律规定不允许非军事人员留舰，他有些犹豫了。“舰长，这毕竟是个小生命啊！”菲罗美娜再一次恳求。

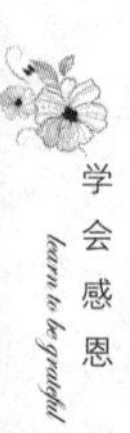

是啊，孩子是无辜的，这都是战争欠下的孽债！自己作为一名参与了这场战争的军人，对此有不可推卸的责任。终于，他点点头。

凯恩将这个男婴抱回舰上，叮嘱舰上的士兵不要传扬出去，他给这瘦弱的男婴取名叫丹尼尔·凯恩。

丹尼尔的到来使舰上每个士兵都兴奋无比，连日来，他们一直为孩子偷偷地忙碌着。他们先在舰上腾出一间房子做婴儿室，并用炮弹箱做成婴儿床和游戏围栏，围栏上挂满了炮弹壳做成的拨浪鼓、玩具什么的，还把床单剪成一尺多长的布片做尿片……在士兵们心中，这个房间就像废墟上开了一朵小花，是他们心中最圣洁的地方。

凯恩惊奇地发现，自从丹尼尔来到舰上后，士兵们渐渐地变了。他们变得讲卫生起来，总是衣冠整洁，胡子也刮净了；他们变得文雅了，说起话来彬彬有礼；他们干涸的眼里出现了生机；他们的嘴角常挂着微笑！

1953 年 11 月初，凯恩接到了撤退回国的命令，这时他有些犯愁了。因为在国外出生的孩子要进入美国，必须要有护照和大使馆的签证。

1000 名士兵着急了，他们决定联名写信请求领事馆批准。言辞恳切的信寄出后，1000 颗心天天盼着回信。5 天后的一个晚饭时分，领事馆终于来信了，回答是简短有力的“同意”两个字。

1953 年 12 月，克鲁兹号航空母舰载着凯恩舰长、1000 名士兵及小婴儿丹尼尔终于返回美国。然而当凯恩抱着丹尼尔迈出婴儿室准备下舰时，他又一次被眼前的景象惊呆了：1000 名士兵沿着船栏排成整整齐齐的两行，列队等候着他们。

凯恩抱着丹尼尔，每走过一个士兵，那位士兵便向他“刷”地敬个军礼。凯恩觉得脚下的路变得很长，他正从战争走向和平，而他怀中的婴儿丹尼尔是他及他的 1000 名士兵在这场战争中的唯一收获，他的眼睛湿润了……

1977 年，丹尼尔毕业于华盛顿州立大学，获得传播学学位。随后他结婚成家，居住在华盛顿州的艾夫拉塔镇。

时间到了1996年9月16日，当1000个老水兵准备在芝加哥重新聚会一次时，他们也邀请了凯恩和丹尼尔。

“我们的孩子来了！”聚会那天，那些白发苍苍的老水兵终于迎来了一位英俊潇洒、身强力壮的年轻人。

聚会时丹尼尔大声说道：“没有你们这些好心人，我就不会活在世界上，是你们给了我生命！”

“不！”突然，一个老人站了起来，“其实，我们应该感谢你。那时候，我们觉得前途灰暗，战争使我们除了打仗没有一技之长，我们怀疑即使和平后回到故乡我们也只能成为没人需要的废人。然而是你让我们认识到自己的作用。试想，一个比我们孱弱几倍的婴儿都渴望生存的机会，我们怎么有权利拒绝生活给我们重新创造的机会呢！”

良久，响起了震耳欲聋的掌声，这掌声充满了生命的活力！

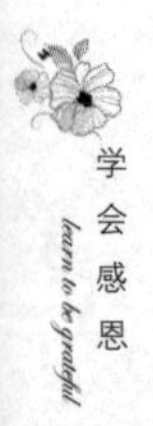

感恩是特别的谢礼

如果感恩永远都像那个叫“马丁”的，斯达克威尔小学五年级的男孩的信，在最合适的时间，准确地寄给了最合适的人，那么，我们就不得不再一次感受到人生的奇迹，体验到人间的温馨！

说感恩能够创造人间温情，相信谁都不会否认。但说感恩能创造奇迹，则需要一番独特的体会。尽管如此，下面这一故事还是让我领会到了其中的点点滴滴：

2001年“9·11”之后，我参加了世贸大厦的救援工作，这事在杂志上报道后，我收到了许多人寄来的慰问信、照片、卡片等礼物。

在这些信件中，来自密西西比州斯达克威尔市斯达克威尔小学五年级同学的信给我留下了特别的印象。

他们给我寄来了一包慰问品，全是救援工作急需的东西，如在世贸大厦清理工作中防尘的口罩、眼药水，还有其他药品等等。

每一样东西都带着一个自制的小天使和一张卡片，上面有制作人学生的签名，写着鼓励与慰问的话语。

我收到后，接着便将这些慰问品装在不同的信封里，寄发给参加救援工作的消防队员、警察和紧急救护的队员们。其中有一个寄给了紧急救护队的安东尼·戈曼。安东尼在“9·11”事件中失去了亲如兄弟的最好的朋友马丁，这使他悲痛万分。

但同时，面对这场震惊世界的惨案，安东尼感觉他的朋友马丁无处不在，是马丁促使他参加到了紧急救护的行列之中。

几周之后，我再次遇见安东尼。一见面，他就给我一个热烈的拥抱，急急地说道：“我要告诉你一个故事。”

“收到你信的那几天，正是我情绪最低落的时候。当我打开信封，一眼就看见里面有一个手绘的小天使，卡片上写着：‘上帝保佑你。’你猜是谁写的？一个五年级的小学生，他的名字叫‘马丁’！”

那个叫“马丁”的，斯达克威尔小学五年级的男孩的信，在最合适的时间，准确地寄给了最合适的人。

谢谢你，马丁。

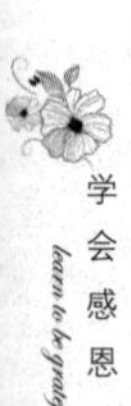

感恩是对天使的期待

在心里我渴望着大家的关爱，就像人们渴望上帝的福泽一样。我一个人独处的时候常常默默祈祷，可是上帝正患耳疾，我的祈祷没有一句应验。

我发现我成了一个被上帝抛弃的孩子。然而，当有一天赞美和关爱突然降临到我头上时，我终于发现了上帝派来的天使……

肯特·基恩是英国牛津大学著名的心理学教授，他的学术成果曾多次获得过国际大奖。2001 年 9 月，他应邀到我国一所少年管教所演讲，讲了下面一段话，颇让人深思：

小时候，我是一个捣蛋、不爱学习又极爱报复的孩子。无论在家里还是在学校，父母和老师、兄弟和同学都极其厌恶我，然而，在心里我渴望着大家的关爱，就像人们渴望上帝的福泽一样。我一个人独处的时候常常默默祈祷：上帝啊！给我善良、给我宽厚、给我聪明吧，我也想如卡尔列一样成为同学们的榜样。可是，上帝正患耳疾，我的祈祷没有一句应验。我依然是个令人生厌的坏孩子，甚至因为我，没有老师愿意带我们这个班。

三年级的第一个学期，学校里来了一位新老师，她就是年轻的玛丽娅小姐。玛丽娅小姐刚一站到讲台上，整个班里都沸腾了，她太漂亮啦！我带头吹口哨、飞吻、往空中扔书本，好多男生跟我学，我们的吵闹声几乎要把房顶掀开。

玛丽娅小姐没有像其他老师那样大声叫嚷："安静！安静！"她始终面带微笑地望着我们。奇怪，这样我反而感到很无聊，于是，我打了一个手势，大家立即停止了胡闹。玛丽娅小姐开始自我介绍，当她转身想把自己的名字写到黑板上时，才发现讲桌上没有粉笔，我注意到她的眉头皱了一下，很快又舒展了。我心想，糟了，她肯定识破了我们的把戏。但是，玛丽娅小姐却转过身来问："谁愿意替老师去拿盒粉笔？"刚刚平静下来的沸腾又开始了，怪声怪气的笑声再次淹没了整个教室，好多男生争着去干这件事。

玛丽娅小姐请大家不要争，她会挑一个最合适的人选。玛丽娅走下讲台，仔细查看了每一个人，最后她说："基恩，你去吧。"我说："为什么是我？""因为我看得出你热情、灵活又具号召力，我相信你会把事情做得很好。"

我热情？我灵活？我具有号召力？我竟然有这么多优点？玛丽娅一眼就看出了我的优点！要知道，在此之前从未有人说过我哪怕一点点的好处，甚至我自己也认为我是一个被上帝抛弃的孩子。

我很快取回一盒粉笔，因为它就藏在教室后面的草丛里。当时，我发现我的手指甲缝里存满了污垢，衬衣袖口开了线，裤腿上溅满了泥点，更糟糕的是我五个脚趾全从破了口的鞋子里露出了头。我很不好意思，可玛丽娅小姐一点也不在意这些，她接粉笔的时候给了我一个天使般的微笑。玛丽娅就是上帝派来的天使。

从此，我决定做一个上进、体面的人，因为我知道天使正在注视着我。

感恩是滴水绵绵

后来，他无论走到哪里，总把那张名片带在身边，一来表示永不忘知遇之恩，二来提醒自己要成为一个仁爱的、关怀他人的人。

世界因为这大大小小、绵绵不断的人与人之间的关怀而变得永恒，事实就是如此。

每个人都会感恩的。只是这些感恩是如此内敛，如此绵长，如此深藏不露，以致粗心的我们，常常在不经意之间忽略它们的真实。

然而，有一个女孩的经历让我们想起了这些绵长的感恩——

我念中学时，班里有个名叫金龙的男生，此人的名字起得富丽堂皇，可品行却是一塌糊涂。他有点“斗鸡眼”，眼睛总像是在凝视鼻尖的正前方；头发理得极短，根根竖起；而且学习成绩也很差。当时，他最大的特点，一是穷，穷到非拖欠书杂费不可；还有就是爱打架，谁冒犯他，他就抡拳头。有时他也打输，印象最深的一次是他的腮帮子被打肿了，顷刻间一张脸胀大了一圈，像猪头。

我和金龙几乎没有什么交往，那时我是个胆怯的女孩，我保护自己的诀窍是：不去招惹金龙这样的首恶分子，甚至连目光都不在他身上停留。

有一天轮到我值日，却发现金龙捂着肚子坐在椅子上。我放慢打扫的速度，故意看着窗外，隔了一会儿，忽听“哐”的一声，他竟跌坐在地上，牙齿将嘴唇咬出血来。我不得不跑过去问他怎么了，他只是摇头；我拿出手巾给他擦血，他没接，只用手背在嘴上抹来抹去。

后来我才知道他肠子有病，有时会疼昏过去，可他怕贫穷的父母担忧，从不对家人言及，每次发病都是靠自己的免疫能力，慢慢挨过去。

又过了不久，班里排演大合唱，准备国庆节全体上台演出，并且规定每人准备白衬衣蓝裤子，可金龙说他不参加。知情的人说，他没有白衬衣。到了演出那天，大家都觉得少一个人不好，于是我就出面向邻班的男生借了一件白衬衣交给金龙。金龙先是推让，面红耳赤，最后还是接受了。

演出散场后，金龙将衬衣还给我，他居然把衬衣叠得工工整整，就像一个非常斯文的男生，这令我非常惊喜，忽然感觉他并不是那么可恨。

不久，班里就传出闲话，说金龙在他的小本子里记着我的名字。有人说那是个黑名单，上了那个名单可能要挨拳头了；也有人说，金龙钟情谁，就把谁的名字记下来。

这两种说法对我来说都是可怕的。可直到毕业，金龙都没来找过麻烦，弄得我倒在心里藏了个谜团，甚至又恢复了冷淡的态度。

不知过了多少年，有一次我在闹市与金龙相遇。此时，他已是个沉稳、温和的父亲了，说起当年的生活，他忽然说：“你的名字也在我的名单册里……”

我几乎叫出声来：“为什么？”

他说他至今还保留着那个名单册，那里记的是帮助过他的人的名字，他是个不惯言谢的，但他以他的方式表达深藏于心的感谢和敬意。

人与人骨子里也许都是记情的。

另一个我认识的女孩，也是家境贫寒到眼看要挨不过去了，后来社会送来了关怀，她的同学也慷慨捐款捐物。她将同学们的赠物放在箱中，舍不得动用，说是每天打开箱子看一遍，想到周围有那么多的关怀、爱心，就忍不住喜极而泣。她要永久保存它们，这是她一生最宝贵的精神财富。

还有一位学音乐的年轻人，怀才不遇，四处碰壁，有一次他遇上一位音乐大师，大师认为他有天赋，就给了他一张名片，并在上面写满赞扬的话。那年轻人从此敲开了音乐殿堂的门，步入成功。后来，他无论走到哪里，总把那张名片带在身边，一来表示永不忘知遇之恩，二来提醒自己要成为一个仁爱的、关怀他人的人。

世界因为这大大小小、绵绵不断的人与人之间的关怀而变得永恒，事实就是如此。

感恩营造人间仙境

如果每一个人在需要帮助的时候都得到帮助，如果每一个得到过帮助的人都记得回报，如果人与人之间这付出与回报的链条永不中断，那么，人们就永远生活在爱的链条中，那时，人间就成了天堂！

一天傍晚，他驾车回家。在这个中西部的小社区里，要找一份工作是那样的难，但他一直没有放弃。冬天迫近，寒冷终于撞击家门了。

一路上冷冷清清。除非离开这里，一般人们不走这条路。他的朋友们大多已经远走他乡，他们要养家糊口，要实现自己的梦想。然而，他留下来了。这儿毕竟是他父母埋葬的地方，他生于斯，长于斯，熟悉这儿的一草一木。

天开始黑下来，还飘起了小雪，他得抓紧赶路。

天知道，他差点错过那个在路边搁浅的老太太。他看得出老太太需要帮助。于是，他将车开到老太太的奔驰车前，停下来。

虽然他面带微笑，但她还是有些担心。一个多小时了，也没有人停下来帮她。他会伤害她吗？他看上去穷困潦倒，饥肠辘辘，不那么让人放心。他看出老太太有些害怕，站在寒风中一动不动。他知道她是怎么想的，只有寒冷和害怕才会让人那样。“我是来帮助你的，老妈妈。你为什么不到车里暖和暖和呢？顺便告诉你，我叫乔。”他说。

她遇到的麻烦不过是车胎瘪了，乔爬到车下面，找了个地方安上千斤顶，又爬下去一两次。结果，他弄得浑身脏兮兮的，还伤了手。当他拧紧最后一个螺母时，她摇下车窗，开始和他聊天。她说，她从圣路易斯来，只是路过这儿，对他的帮助感激不尽。乔只是笑了笑，帮她关上后备箱。

她问该付他多少钱，出多少钱她都愿意。乔却没有想到钱，这对他来说只是帮助需要帮助的人，上帝知道过去在他需要帮助时有多少人曾经帮助过他呀。他说，如果她真想答谢他，就请她下次遇到需要帮助的人，也给予帮助，并且“想起他”。

他看着老太太发动汽车上路了。天气寒冷且令人抑郁，但他在回家的路上却很高兴，开着车消失在暮色中。

沿着这条路行了几英里，老太太看到一家小咖啡馆。她想进去吃点东西，驱驱寒气，再继续赶路回家。

侍者走过来，给她一条干净的毛巾擦干她湿漉漉的头发。她面带甜甜的微笑，是那种虽然站了一天却仍抹不去的微笑。老太太注意到女侍者已有近 8 个月的身孕，但她的服务态度没有因为过度的劳累和疼痛而有所改变。

老太太吃完饭，拿出一百美元付账，女侍者拿着这一百美元去找零钱。而老太太却悄悄出了门。当女侍者拿着零钱回来时，正奇怪老太太去哪了，这时她注意到餐巾上有字。上面写着：“你不欠我什么，我曾经跟你一样。有人曾经帮助我，就像我现在帮助你一样。如果你真想回报我，就请不要让爱之链在你这儿中断。”这显然是老太太写的，侍者眼中

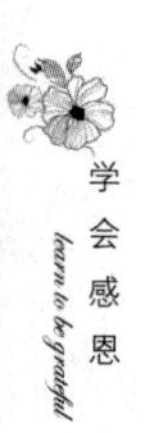

的热泪一下子就涌出来了。

虽然还要清理桌子，服侍客人，但这一天女侍者又坚持下来了。晚上，下班回到家，躺在床上，她心里还想着那钱和老太太写的话，老太太怎么知道她和丈夫那么需要这笔钱呢？孩子下个月就要出生了，生活会很艰难，她知道她的丈夫是多么焦急。当他躺到她旁边时，她给了他一个温柔的吻，轻声说："一切都会好的。我爱你，乔。"

学会感恩，就是学会不忘恩负义；学会感恩，就是学会谦虚之德；学会感恩，就是学会敬畏之心；学会感恩，就是学会爱多于恨；学会感恩，就是学会懂得忏悔；学会感恩，就是学会不沉溺于财富和权力；学会感恩，就是永远也不要忘了说一声"谢谢"……